王国维 ○ 著
许文雨 ○ 讲评

人间词话

许文雨讲评本

北方联合出版传媒(集团)股份有限公司
万卷出版有限责任公司

新流出品

古今之成大事业、大学问者，必经过三种之境界。"昨夜西风凋碧树。独上高楼，望尽天涯路。"此第一境也。"衣带渐宽终不悔，为伊消得人憔悴。"此第二境也。"众里寻他千百度，回头蓦见，那人正在灯火阑珊处。"此第三境也。

序言

　　余曩纂《文论讲疏》二十余万言，既付正中书局刊以行世矣。而局中同好复抽刊其中《人间词话讲疏》，以广其传，意至深也。因采掇王氏论词之说，以弁其端，曰：夫词之为文学，固亦不越夫作者之意与所作之对象，涵内藻外，以成就其体制。其上焉者，则意融于象，殆与庄生物我双遣之旨同符，而王氏则谓之意境两浑矣。其次则或以意胜，或以境胜，偏美之擅，亦各有当，然固非超卓之诣也。观夫五代以降之词人，独李后主、冯正中所作，神余象表，秀溢物外，为得于意境之深。北宋则欧阳公意余于境，秦少游境多于意。珠玉、小山，抑又其次。美成晚出，所贵仍在意境，以殿北宋一代。南渡词人，稼轩、白石，差足称述。若梦窗砌字，玉田垒句，雕琢敷衍，同归浅薄，此则惟文字是务之失也。历元迄明，斯道独旷。迨清初纳兰性德始以天才崛起，悲凉顽艳，意境至真。异夫乾、嘉以降之审体格与韵律者矣。盖王氏所主词之义界及其赏析之见略如是。其所自为，例如《浣溪沙》之词曰："天末同云黯四垂，失行孤雁逆风飞。江湖寥落尔安归？陌上挟丸公子笑，座中调醯丽人嬉。今宵欢宴胜平时。"《蝶恋花》之词曰:"昨夜梦中多少恨,细马香车,两两行相近。对面似怜人瘦损,众中不惜搴帷问。陌上轻雷听渐隐,梦里难从,觉后那堪讯。蜡泪窗前堆一寸,人间只有相思分。"又曰:"百尺朱楼临大道,楼外轻雷,不问昏和晓。独倚阑干人窈窕,闲中数尽行人小。一霎车尘生树杪。陌上楼头,都向尘中老。薄晚西风吹雨到,明朝又是伤流潦。"殆足以当意境两忘、物我一体之优誉乎!读者就其述旨与其自例,加以审思,则此书之义谛,已得其概要矣。

二十五年岁暮许文雨识

目录

**王国维
人间词话**
［卷上］
1

**王国维
人间词话**
［卷下］
61

[附录一]
人间词话补遗
119

[附录二]
王国维先生生平及其学说
125

[附录三]
王国维年表
139

王国维[①]
人间词话
[卷上]

[①]王国维,浙江海宁人,逊清遗臣,殁于民国十六年,谥曰忠悫。新刊《王忠悫公遗书》本收《人间词话》两卷。上卷曩曾单行,有靳德峻《注》,于本篇所引诗词,均录其全首,颇便初学。本书不更标靳曰出某原作云者,以其引文颇有讹误,故不敢惮烦,重检原书移录之。卷下尚无注本,由予创为,如有谬戾,敬俟君子。

词以境界①**为最上。**

有境界，则自成高格，自有名句，五代、北宋之词所以独绝者在此。

①妙手造文，能使其纷沓之情思，为极自然之表现，望之不啻为真实之暴露，是即作者辛勤缔造之境界。若不符自然之理，妄有表现，此则幻想之果，难诣真境矣。故必真实始得谓之境界，必运思循乎自然之法则，始能造此境界。

有造境①,有写境②,此"理想"与"写实"二派之所由分。然二者颇难分别,因大诗人所造之境必合乎自然,所写之境亦必邻于理想故也。

①按由创造之想象,缔造文学之境界,谓之造境。温采斯德(Winchester)曰:"创造之想象者,本经验中之分子,为自然之选择而组合之,使成新构之谓也。"
②写实之境,谓之写境。

有有我之境,有无我之境。"泪眼问花花不语,乱红飞过秋千去。"①"可堪孤馆闭春寒,杜鹃声里斜阳暮。②"有我之境也。"采菊东篱下,悠然见南山。③""寒波澹澹起,白鸟悠悠下。④"无我之境也。有我之境,以我观物,故物皆著我之色彩。无我之境,以物观物,不知何者为我,何者为物。古人为词,写有我之境者为多。然未始不能写无我之境,此在豪杰之士能自树立耳。

①近刊冯延巳《阳春集笺》本载《鹊踏枝》(即《蝶恋花》)十四首,其第十二首(各本作欧阳修词)云:"庭院深深深几许?杨柳堆烟,帘幕无重数。玉勒雕鞍游冶处,楼高不见章台路。　雨横风狂三月暮,门掩黄昏,无计留春住。泪眼问花花不语,乱红飞过秋千去。"毛稚黄曰:"永叔词'泪眼问花花不语,乱红飞过秋千去'。因花而有泪,此一层意也。因泪而问花,此一层意也。花竟不语,此一层意也。不但不语,又且乱落飞过秋千,此一层意也。人愈伤心,花愈恼人,语愈浅而意愈入,又绝无刻画费力之迹,谓非层深而浑成耶。"《词林纪事》谓:"泪眼"二句,似本唐严恽诗"尽日问花花不语,为谁零落为谁开"意。

②《彊村丛书》本秦观《淮海居士长短句》中,《踏莎行》云:"雾失楼台,月迷津渡,桃源望断无寻处。可堪孤馆闭春寒,杜鹃声里斜阳暮。　驿寄梅花,鱼传尺素,砌成此恨无

重数！郴江幸自绕郴山，为谁流下潇湘去？"宋翔凤《乐府余论》云："《苕溪渔隐丛话》曰：少游《踏莎行》，为郴州旅舍作也。黄山谷曰：此词高绝。但斜阳暮为重出，欲改斜阳为帘栊。范元实曰：只看孤馆闭春寒，似无帘栊。山谷曰：亭传虽未有帘栊，有亦无碍。范曰：词本摹写牢落之状，若曰帘栊，恐损初意。今《郴州志》竟改作斜阳度。余谓斜阳属日，暮属时，不为累，何必改。东坡'回首斜阳暮'，美成'雁背斜阳红欲暮'，可法也。按引东坡、美成语是也，分属日时，则尚欠明析。《说文》：莫，日且冥也。从日在茻中（今作暮者俗）。是斜阳为日斜时，暮为日入时，言自日昃至暮，杜鹃之声，亦云苦矣。山谷未解暮字，遂生缪辀。"

③丁刊《全晋诗》卷六陶渊明《饮酒诗》第五首云："结庐在人境，而无车马喧。问君何能尔？心远地自偏。采菊东篱下，悠然见南山。山气日夕佳，飞鸟相与还。此中有真意，欲辨已忘言。"《苕溪渔隐丛话》卷三云："'采菊东篱下，悠然见南山。'则本自采菊，无意望山，适举首而见之，故悠然忘情，趣闲而景远。此未可于文字精粗间求之。"又引蔡宽夫《诗话》评此二句云："此其闲远自得之意，直若超然邈出宇宙之外。"

④金元好问《遗山文集》卷一，《颍亭留别诗》云："故人重分携，临流驻归驾。乾坤展清眺，万景若相借。北风三日雪，太素秉元化。九山郁峥嵘，了不受陵跨。寒波淡淡起，白鸟悠悠下。怀归人自急，物态本闲暇。壶觞负吟啸，尘土足悲咤。回首亭中人，平林澹如画。"

无我之境，人惟于静中得之；有我之境，于由动之静时得之。故一优美，一宏壮也。

自然中之物互相关系，互相限制。然其写之于文学及美术中也，必遗其关系限制之处①。故虽写实家亦理想家也。又虽如何虚构之境，其材料必求之于自然②，而其构造亦必从自然之法则。故虽理想家亦写实家也。

①考自然界各物之存在，必有其存在之条件。然此物生存之条件，与彼物生存之条件，每呈现错综之状态，既有相互之关系，复有个别之限制。任举一花一草为例：凡此花草之种种营养条件，如天时、土壤、水分以及其他营养料等，皆无非此花或此草与一切外物之关系；而此花或此草又有个别之限制，以表现其各种之特征，如所具雌雄蕊之数以及显花、隐花、单子叶生、双子叶生等皆是。然此等并为生物学家之所详究，而为文学家状物时所略而不道者也。

②按此指写景文言之。

境非独谓景物也,喜怒哀乐亦人心中之一境界。故能写真景物真感情者,谓之有境界。否则谓之无境界。

"红杏枝头春意闹①",着一"闹"字而境界全出;"云破月来花弄影②",着一"弄"字而境界全出矣。

①《花庵绝妙词选》卷三云:"宋子京名祁,张子野所称'红杏枝头春意闹'尚书者也。"《玉楼春》云:"东城渐觉风光好,縠皱波纹迎客棹。绿杨烟外晓寒轻,红杏枝头春意闹。浮生长恨欢娱少,肯爱千金轻一笑?为君持酒劝斜阳,且向花间留晚照。"

②《彊村丛书》本张先《张子野词》卷二,《天仙子》云:"水调数声持酒听,午醉醒来愁未醒。送春春去几时回?临晚镜,伤流景,往事后期空记省。　沙上并禽池上暝,云破月来花弄影。重重翠幕密遮灯,风不定,人初静,明日落红应满径。"

境界有大小，不以是而分优劣。"细雨鱼儿出，微风燕子斜①"，何遽不若"落日照大旗，马鸣风萧萧②"？"宝帘闲挂小银钩③"，何遽不若"雾失楼台，月迷津渡④"也？

①《全唐诗》卷二二七杜甫《水槛遣心》第一首云："去郭轩楹敞，无村眺望赊。澄江平少岸，幽树晚多花。细雨鱼儿出，微风燕子斜。城中十万户，此地两三家。"

②《全唐诗》卷二一八杜甫《后出塞》第二首云："朝进东门营，暮上河阳桥。落日照大旗，马鸣风萧萧。平沙列万幕，部伍各见招。中天悬明月，令严夜寂寥。悲笳数声动，壮士惨不骄。借问大将谁？恐是霍嫖姚。"

③《彊村丛书》本秦观《淮海居士长短句》中，《浣溪沙》第一首云："漠漠轻寒上小楼，晓阴无赖似穷秋。淡烟流水画屏幽。　自在飞花轻似梦，无边丝雨细如愁。宝帘闲挂小银钩。"

④秦观《踏莎行》之句，已见前。

严沧浪《诗话》谓"盛唐诸公,唯在兴趣,羚羊挂角,无迹可求。故其妙处,透澈玲珑,不可凑拍,如空中之音,相中之色,水中之影,镜中之象,言有尽而意无穷。[①]"余谓北宋以前之词亦复如是。然沧浪所谓"兴趣",阮亭所谓"神韵"[②],犹不过道其面目,不若鄙人拈出"境界"二字为探其本也。

[①]宋严羽著《沧浪诗话》发为兴趣之论,盖融合钟嵘所谓胜语直寻及司空图所谓味在酸盐之外两说而成。羚羊挂角一语,出《传灯录》:"雪峰云:我若东道西道,汝则寻言逐句,我若羚羊挂角,汝向什么处扪摸!"按羚羊似羊而大,角有圆绕蘑文,夜则悬挂其角于木上,示无形迹可寻,以避患焉。

[②]清王士祯阮亭著《渔洋诗话》,标称神韵,以为天然不可凑泊。而翁方纲则讥渔洋所谓神韵,乃李沧溟格调之改称也。

太白纯以气象胜,"西风残照,汉家陵阙"①寥寥八字,遂关千古登临之口。后世唯范文正之《渔家傲》②,夏英公之《喜迁莺》③,差足继武,然气象已不逮矣。

①《全唐诗》卷八九〇,《词》二载李白《忆秦娥》:"箫声咽,秦娥梦断秦楼月。秦楼月,年年柳色,灞陵伤别!乐游原上清秋节,咸阳古道音尘绝。音尘绝,西风残照,汉家陵阙。"按吴衡照《莲子居词话》卷一云:"唐词《菩萨蛮》《忆秦娥》二阕,花庵以后,咸以为出自太白。然《李太白集》本不载,至杨齐贤、萧士赟注,始附益之。胡应麟《少室山房笔丛》疑其伪托,未为无见。谓详其意调,绝类温方城,殊不然。如'暝色入高楼,有人楼上愁''西风残照,汉家陵阙'等语,神理高绝,却非《金荃》手笔所能。"

②《彊村丛书》本《范文正公诗馀》载《渔家傲·秋思》云:"塞下秋来风景异,衡阳雁去无留意。四面边声连角起,千嶂里,长烟落日孤城闭。　浊酒一杯家万里,燕然未勒归无计。羌管悠悠霜满地,人不寐,将军白发征夫泪。"《皱水轩词荃》云:"庐陵讥范希文《渔家傲》为穷塞主词,自矜其'战胜归来飞捷奏,倾贺酒,玉阶遥献南山寿',为真元帅之事。按宋以小词为乐府,被之管弦,往往传于宫掖。范词如'长烟落日孤城闭''羌管悠悠霜满地''将军白发征夫泪',

令'绿树碧帘相掩映,无人知道外边寒'者听之,知边庭之苦如是,庶有所警触,此深得《采薇》《出车》'杨柳雨雪'之意。若欧词止于诶耳,何所感耶。"

③《唐宋诸贤绝妙词选》卷二,载夏英公竦《喜迁莺令》,《注》云:"景德中,水殿按舞,英公翰林内直,上遣中使取新词,公援毫立成以进,大蒙天奖。"词云:"霞散绮,月垂钩,帘卷未央楼。夜凉银汉截天流,宫阙锁清秋。　瑶台树,金茎露,凤髓香盘烟雾。三千珠翠拥宸游,水殿按凉州。"《吴礼部诗话》云:"姚子敬尝手选古今乐府一帙,以夏英公《喜迁莺》宫词为冠,其词富艳精工,诚为绝唱。"(亦见杨慎《词品》卷三)

张皋文谓飞卿之词"深美闳约"①,余谓此四字唯冯正中②足以当之。刘融斋谓"飞卿精艳绝人"③,差近之耳。

①张惠言皋文《词选·序》云:"唐之词人,李白为首,而温庭筠(飞卿)最高,其言深美闳约。"《介存斋论词杂著》云:"皋文曰:'飞卿之词,深美闳约。'信然。飞卿酝酿最深,故其言不怒不慑,备刚柔之气。针镂之密,南宋人始露痕迹,《花间》极有浑厚气象,如飞卿则神理超越,不复可以迹象求矣,然细绎之,正字字有脉络。"
②《白雨斋词话》卷一云:"冯正中(延巳)词,极沈郁之致,穷顿挫之妙,缠绵忠厚,与温韦相伯仲也。"
③刘融斋熙载《艺概》说。

"画屏金鹧鸪",飞卿语也①,其词品似之。"弦上黄莺语",端己语也②,其词品亦似之。正中词品,若欲于其词句中求之,则"和泪试严妆"③,殆近之欤?

①王国维辑温庭筠(飞卿)《金荃词·更漏子》云:"柳丝长,春雨细,花外漏声迢递。惊塞雁,起城乌,画屏金鹧鸪。　香雾薄,透帘幕,惆怅谢家池阁。红烛背,绣帘垂,梦长君不知。"

②王国维辑蜀韦庄(端己)《浣花词·菩萨蛮》第一首云:"红楼别夜堪惆怅,香灯半卷流苏帐。残月出门时,美人和泪辞。琵琶金翠羽,弦上黄莺语。劝我早归家,绿窗人似花。"

③近刻冯延巳《阳春集笺》本载《菩萨蛮》九首,其第六首云:"娇鬟堆枕钗横凤,溶溶春水杨花梦。红烛泪阑干,翠屏烟浪寒。　锦壶催画箭,玉佩天涯远。和泪试严妆,落梅飞晓霜。"

南唐中主词"菡萏香销翠叶残,西风愁起绿波间。[1]"大有众芳芜秽,美人迟暮之感。乃古今独赏其"细雨梦回鸡塞远,小楼吹彻玉笙寒。[2]"故知解人正不易得。

[1] 王国维辑《南唐二主词·浣溪沙》第二首云:"菡萏香销翠叶残,西风愁起绿波间。还与韶光共憔悴,不堪看。 细雨梦回鸡塞远,小楼吹彻玉笙寒。多少泪珠无限恨,倚栏干。"

[2] 冯延巳答中主,称其"小楼"一句。王安石以为"一江春水向东流"未若"细雨"二句。

温飞卿之词,句秀也。韦端己之词,骨秀也。李重光之词,神秀也。词至李后主,而眼界始大,感慨遂深,遂变伶工之词为士大夫之词。周介存置诸温、韦之下,可谓颠倒黑白矣①。"自是人生长恨水长东②","流水落花春去也,天上人间③",《金荃》④《浣花》⑤能有此气象耶?

①周介存济《介存斋论词杂著》云:"李后主词,如生马驹,不受控捉。王嫱西施,天下美妇人也,严妆佳,淡妆亦佳,粗服乱头,不掩国色。飞卿,严妆也。端己,淡妆也。后主则粗服乱头矣。"飞卿即温庭筠,端己即韦庄。

②王国维辑《南唐二主词》李后主《乌夜啼》云:"林花谢了春红,太匆匆!无奈朝来寒雨晚来风。　胭脂泪,相留醉,几时重!自是人生长恨水长东!"

③王国维辑《李后主词·浪淘沙令》云:"帘外雨潺潺,春意阑珊。罗衾不耐五更寒。梦里不知身是客,一晌贪欢!　独自莫凭阑,无限关山,别时容易见时难!流水落花春去也,天上人间!"

④《金荃》,温庭筠集名。

⑤《浣花》,韦庄集名。

词人者，不失其赤子之心者也①。**故生于深宫之中，长于妇人之手，是后主为人君所短处，亦即为词人所长处。**

①案此"赤子之心"，谓童心也。与《孟子》所谓"赤子之心"不同。此说可以王氏他篇之文证之：《静庵文集·叔本华与尼采》篇引叔本华之《天才论》曰："天才者，不失其赤子之心者也。盖人生之七年后，知识之机关，即脑之质与量，已达完全之域，而生殖之机关，尚未发达。故赤子能感也，能思也，能教也，其爱知识也，较成人为深；而其受知识也，亦视成人为易。一言以蔽之曰：彼之知力盛于意志而已。即彼之知力作用，远过于意志之所需要而已。故自某方面观之，凡赤子皆天才也，又凡天才自某点观之，皆赤子也。昔海尔台尔（Herder）谓格代（Goethe）曰巨孩。音乐大家穆差德（Mozart）亦终生不脱孩气。休利希台额路尔谓彼曰：彼于音乐，幼而惊其长老，然于一切他事，则壮而常有童心者也。"

客观之诗人不可不多阅世。阅世愈深则材料愈丰富愈变化，《水浒传》《红楼梦》之作者是也。主观之诗人，不必多阅世。阅世愈浅则性情愈真，李后主是也。

尼采谓："一切文学，余爱以血书者①。"后主之词，真所谓以血书者也。宋道君皇帝《燕山亭》②词亦略似之。然道君不过自道身世之戚，后主则俨有释迦基督担荷人类罪恶之意，其大小固不同矣。

①尼采，德人，擅长哲学及艺术，富于破坏思想及革命精神，故其言如是。

②宋徽宗禅位于皇太子，被尊为教主道君太上皇帝，靖康二年，北狩。《彊村丛书》本《宋徽宗词·燕山亭》云："裁剪冰绡，轻叠数重，淡着燕脂匀注。新样靓妆，艳溢香融，羞杀蕊珠宫女。易得凋零，更多少无情风雨，愁苦。闲院落凄凉，几番春暮？　凭寄离恨重重，这双燕，何曾会人言语？天遥地远，万水千山，知他故宫何处？怎不思量。除梦里有时曾去，无据。和梦也新来不做。"

冯正中词虽不失五代风格,而堂庑特大,开北宋一代风气,与中后二主词皆在《花间》范围之外,宜《花间集》①中不登其只字也。

①《花间集》十卷,后蜀赵崇祚编。

正中词除《鹊踏枝》《菩萨蛮》十数阕最煊赫外①，如《醉花间》之"高树鹊衔巢，斜月明寒草②"。余谓韦苏州之"流萤渡高阁③"，孟襄阳之"疏雨滴梧桐④"，不能过也。

①近刻《阳春集笺》录《鹊踏枝》（即《蝶恋花》）十四首，其第十一首，王氏下文又称引之，兹录以示例。词曰："几日行云何处去？忘却归来，不道春将暮。百草千花寒食路。香车系在谁家树？　泪眼倚楼频独语，双燕飞来，陌上相逢否？撩乱春愁如柳絮，悠悠梦里无寻处。"又冯氏《菩萨蛮》九首，上文已录注其第六首，可参观。

②《阳春集》载《醉花间》四首，其第三首云："晴雪小园春未到，池边梅自早。高树鹊衔巢（按巢字，《词谱》作窠，粟香室本亦作窠），斜月明寒草。　山川风景好，自古金陵道。少年看却老。相逢莫厌醉金杯，别离多，欢会少！"

③《全唐诗》卷一八七韦应物《寺居独夜寄崔主簿》诗："幽人寂不寐，木叶纷纷落，寒雨暗深更，流萤渡高阁。坐使青灯晓，还伤夏衣薄，宁知岁方晏，离居更萧索。"应物曾为苏州刺史，故人称韦苏州。

④《全唐诗》卷一六○收孟浩然断句云："微云淡河汉，疏雨滴梧桐。"《注》云："王士源云：'浩然尝闲游秘省。秋月新霁，诸英联诗，次当浩然云云，举坐嗟其清绝，不复为缀。'"

欧九《浣溪沙》词"绿杨楼外出秋千",晁补之谓:只一"出"字,便后人所不能道①。余谓此本于正中《上行杯》词"柳外秋千出画墙②",但欧语尤工耳。

①欧九即欧阳修。《复斋漫录》云:"晁无咎(补之字)评本朝乐章云:'欧阳永叔《浣溪沙》云:"堤上游人逐画船,拍堤春水四垂天,绿杨楼外出秋千。"'(按此系前片。后片云:"白发戴花君莫笑,六幺催拍盏频传,人生何处似尊前?")此等语绝妙。只一出字,自是着意道不到处。"
②近刻《阳春集笺》本载《上行杯》云:"落梅着雨消残粉,云重烟轻寒食近。罗幕遮香,柳外秋千出画墙。　春山颠倒钗横凤,飞絮入帘春睡重。梦里佳期,只许庭花与月知。"

梅舜俞《苏幕遮》词"落尽梨花春事了,满地斜阳,翠色和烟老。"刘融斋谓少游一生似专学此种①。余谓冯正中②《玉楼春》词"芳菲次第长相续,自是情多无处足,尊前百计得春归,莫为伤春眉黛促。"永叔一生似专学此种。

①此梅尧臣《苏幕遮·草》结三句也。《词综》卷四录其全词云:"露堤平,烟墅杳,乱碧萋萋,雨后江天晓。独有庾郎年最少,窣地春袍,嫩色宜相照。　接长亭,迷远道。堪怨王孙,不记归期早。落尽梨花春又了,满地残阳,翠色和烟老。"按尧臣,字圣俞,作舜俞者,误。"春又了"之"又"字误作"事",应正。

②《阳春集》载《玉楼春》云:"雪云乍变春云簇,渐觉年华堪纵目。北枝梅蕊犯寒开,南浦波纹如酒绿。　芳菲次第长相续,自是情多无处足。尊前百计得春归,莫为伤春眉黛蹙。"

人知和靖《点绛唇》①，舜俞《苏幕遮》，永叔《少年游》三阕②为咏春草绝调，不知先有正中"细雨湿流光"五字③，皆能摄春草之魂者也。

①《词综》卷四，林和靖《点绛唇》："金谷年年，乱生春色谁为主？余花落处，满地和烟雨。　又是离歌，一阕长亭暮。王孙去，萋萋无数，南北东西路。"

②检毛晋刻本《六一词·少年游》三首，无一咏春草者。《词律》卷五收梅尧臣《少年游》，《注》引纪昀据吴会说，断此词为欧阳修作。盖咏春草也。词云："阑干十二独凭春，晴碧远连云。千里万里，二月三月，行色苦愁人。　谢家池上，江淹浦畔，吟魄与离魂，更那堪疏雨滴黄昏！更特地、忆王孙。"

③《阳春集》载《南乡子》云："细雨湿流光，芳草年年与恨长。烟锁凤楼无限事，茫茫。鸾镜鸳衾两断肠。　魂梦任悠扬，睡起杨花满绣床。薄幸不来门半掩，斜阳。负你残春泪几行？"今人笺云："细雨湿流光，实本温庭筠《荷叶杯》'朝雨湿愁红'，皇甫松《怨回纥》'江路湿红蕉'而来。"刘熙载云："冯延巳词，欧阳永叔得其深也。"

《诗·蒹葭》一篇①,最得风人深致。晏同叔之"昨夜西风凋碧树,独上高楼,望尽天涯路。②"意颇近之。但一洒落,一悲壮耳。

①《诗·秦风·蒹葭》:"蒹葭苍苍,白露为霜。所谓伊人,在水一方。溯洄从之,道阻且长;溯游从之,宛在水中央。　蒹葭萋萋,白露未晞。所谓伊人,在水之湄。溯洄从之,道阻且跻;溯游从之,宛在水中坻。　蒹葭采采,白露未已。所谓伊人,在水之涘。溯洄从之,道阻且右;溯游从之,宛在水中沚。"

②毛晋刻本晏殊(同叔)《珠玉词》载《蝶恋花》七首,其第六首云:"槛菊愁烟兰泣露,罗幕轻寒,燕子双飞去。明月不谙离恨苦,斜光到晓穿朱户。　昨夜西风凋碧树,独上高楼,望尽天涯路。欲寄彩笺兼尺素,山长水阔知何处?"

"我瞻四方,蹙蹙靡所骋。①"诗人之忧生也。"昨夜西风凋碧树,独上高楼,望尽天涯路"似之。"终日驰车走,不见所问津。②"诗人之忧世也。"百草千花寒食路,香车系在谁家树③"似之。

①《诗·小雅·节南山》第七章云:"驾彼四牡,四牡项领。我瞻四方,蹙蹙靡所骋。"

②丁刊《全晋诗》卷六陶渊明《饮酒诗》第二十首云:"羲农去我久,举世少复真。汲汲鲁中叟,弥缝使其淳。凤鸟虽不至,礼乐暂得新。洙泗辍微响,漂流逮狂秦。诗书复何罪,一朝成灰尘!区区诸老翁,为事诚殷勤。如何绝世下,六籍无一亲?终日驰车走,不见所问津。若复不快饮,空负头上巾。但恨多谬误,君当恕醉人。"

③冯延巳《鹊踏枝》(即《蝶恋花》)第十一首之句,已见前注。

古今之成大事业、大学问者，必经过三种之境界。"昨夜西风凋碧树，独上高楼，望尽天涯路。"此第一境也。"衣带渐宽终不悔，为伊消得人憔悴。①"此第二境也。"众里寻他千百度，回头蓦见，那人正在灯火阑珊处。②"此第三境也。此等语皆非大词人不能道。然遽以此意解释诸词，恐晏欧诸公所不许也。

①《彊村丛书》本柳永（初名三变，字耆卿）《乐章集》中卷，《凤栖梧》其二云："伫立危楼风细细，望极春愁，黯黯生天际。草色烟光残照里，无言谁会凭栏意。　拟把疏狂图一醉，对酒当歌，强乐还无味。衣带渐宽终不悔，为伊消得人憔悴。"

②毛晋刻本辛弃疾《稼轩词》卷三，载《青玉案》云："东风夜放花千树，更吹落，星如雨。宝马雕车香满路，凤箫声动，玉壶光转，一夜鱼龙舞。　蛾儿雪柳黄金缕，笑语盈盈暗香去，众里寻他千百度，蓦然回首，那人却在灯火阑珊处。"王引有异文，或由未展原书，仅凭记忆耶？

永叔"人间自是有情痴,此恨不关风与月""直须看尽洛城花,始与东风容易别①",于豪放之中有沉着之致,所以尤高。

①毛晋刻本欧阳永叔《六一词》载《玉楼春》二十九调,其第四调云:"尊前拟把归期说,未语春容先惨咽。人生自是有情痴,此恨不关风与月。　离歌且莫翻新阕,一曲能教肠寸结。直须看尽洛城花,始共春风容易别。"王引亦间有异文。

冯梦华《宋六十一家词选·序例》谓:"淮海小山古之伤心人也,其淡语皆有味,浅语皆有致①。"余谓此唯淮海足以当之②。小山矜贵有余,但可方驾子野、方回,未足抗衡淮海也。

①今人冯梦华,名煦,有《六十一家词选》。
②《白雨斋词话》卷六引乔笙巢云:"少游词,寄慨身世,闲雅有情思,酒边花下,一往情深,而言悱不乱,悄乎得《小雅》之遗。"《彊村丛书》本《淮海居士长短句》上,《满庭芳》云:"山抹微云,天连衰草,画角声断谯门。暂停征棹,聊共引离尊。多少蓬莱旧事,空回首,烟霭纷纷。斜阳外,寒鸦万点,流水绕孤村。　销魂当此际,香囊暗解,罗带轻分,谩赢得青楼薄幸名存。此去何时见也?襟袖上、空惹啼痕,伤情处,高城望断,灯火已黄昏。"此词多浅淡之语,而味致甚永。(少游"寒鸦""流水"二语,出隋炀帝《野望》诗。见《升庵诗话》卷十)

少游词境最凄婉,至"可堪孤馆闭春寒,杜鹃声里斜阳暮①",则变而凄厉矣。东坡赏其后二语②,犹为皮相。

①二句见《踏莎行》词,前注已录其全词。
②即"郴江"二句。

"风雨如晦,鸡鸣不已。"①"山峻高以蔽日兮,下幽晦以多雨。霰雪纷其无垠兮,云霏霏而承宇。②""树树皆秋色,山山尽落晖。③""可堪孤馆闭春寒,杜鹃声里斜阳暮。"气象皆相似。

①《诗·郑风·风雨》第三章:"风雨如晦,鸡鸣不已。既见君子,云胡不喜?"

②四句见《楚辞·九章·涉江》中。王逸注:"垠,畔岸也。"朱熹注:"宇,屋檐也。"陈本礼云:"此正被放之所。"

③《全唐诗》卷三十七王绩《野望》诗云:"东皋薄暮望,徙倚欲何依?树树皆秋色,山山唯落晖。牧人驱犊返,猎马带禽归。相顾无相识,长歌怀采薇。"王引间有异文。

昭明太子称陶渊明诗"跌宕昭彰，独超众类，抑扬爽朗，莫之与京。"①王无功称薛收赋"韵趣高奇，词义旷远，嵯峨萧瑟，真不可言。"②词中惜少此二种气象，前者唯东坡，后者唯白石，略得一二耳。

①按此数语见昭明太子萧统所撰《陶渊明集·序》，言其辞兴婉惬也。
②按此数语，言其骨之奇劲也。刘熙载《艺概》卷三云："王无功谓薛收《白牛溪赋》，韵趣高奇，词义旷远，嵯峨萧瑟，真不可言。余谓赋之足当此评者，盖不多有，前此其惟小山《招隐士》乎？"

词之雅郑,在神不在貌。永叔、少游虽作艳语,终有品格。方之美成①,便有淑女与倡伎之别。

①《艺概》卷四云:"周美成词,或称其无美不备。余谓论词莫先于品,美成词信富艳精工,只是不得个贞字,是以士大夫不肯学之,学之则不知终日意萦何所矣。"

美成深远之致不及欧、秦，唯言情体物，穷极工巧，故不失为一流之作者。但恨创调之才多，创意之才少耳。

词忌用替代字。美成《解语花》之"桂华流瓦[①]"境界极妙，惜以"桂华"二字代替"月"耳，梦窗以下，则用代字更多[②]。其所以然者，非意不足，则语不妙也。盖意足则不暇代，语妙则不必代。此少游之"小楼连苑""绣毂雕鞍"所以为东坡所讥也[③]。

[①]《彊村丛书》本周邦彦《片玉集》卷之七《解语花·元宵》云："风销焰蜡，露浥烘炉，花市光相射。桂华流瓦。纤云散，耿耿素娥欲下。衣裳淡雅，看楚女纤腰一把。箫鼓喧人影参差，满路飘香麝。　因念都城放夜，望千门如昼，嬉笑游冶。钿车罗帕，相逢处，自有暗尘随马。年光是也，唯只见旧情衰谢。清漏移飞盖归来，从舞休歌罢。"

[②]按前于梦窗（吴文英）者，如张先《菩萨蛮》云："纤纤玉笋横孤竹，"以"玉笋"代手，以"孤竹"代乐器。《庆金枝》云："抱云勾雪近灯看，"以"云""雪"代女子玉体皆是。是代字不必在梦窗后始多用也。

[③]《彊村丛书》本秦观《淮海居士长短句》上，《水龙吟》云："小楼连苑横空，下窥绣毂雕鞍骤。朱帘半卷，单衣初试，清明时候。破暖轻风，弄晴微雨，欲无还有。卖花声过尽斜阳院落，红成阵飞鸳鸯。　玉佩丁东别后，怅佳期参差难又。

名缰利锁，天还知道，和天也瘦。花下重门，柳边深巷，不堪回首！念多情，但有当时皓月，向人依旧！"刘熙载《艺概》云："少游《水龙吟》'小楼连苑横空，下窥绣毂雕鞍骤'，东坡讥之云：'十三个字只说得一个人骑马楼前过'，语极解颐。"

沈伯时①《乐府指迷》云,"说桃不可直说破'桃',须用'红雨②''刘郎③'等字;说柳不可直说破'柳',须用'章台④''霸岸⑤'等字。"若惟恐人不用代字者。果以是为工,则古今类书具在,又安用词为耶。宜其为《提要》⑥所讥也。

①宋沈伯时名义父,撰《乐府指迷》一卷。
②《致虚阁杂俎》云:"唐天宝十三年,宫中下红雨,色如桃。"
③唐刘禹锡诗:"紫陌红尘拂面来,无人不道看花回。玄都观里桃千树,尽是刘郎去后栽。"又诗曰:"百亩庭中半是苔,桃花净尽菜花开。种桃道士归何处?前度刘郎今又来。"
④《全唐诗》卷二四五韩翃《寄柳氏诗》云:"章台柳,章台柳,颜色青青今在否?纵使长条如旧垂,也应攀折他人手。"
⑤霸岸,谓霸陵岸也。霸,一作灞。王粲《七哀诗》云:"南登霸陵岸,回首望长安。"指此。《三辅黄图》云:"灞桥在长安,东汉人送客至此,手折柳赠别。名曰销魂桥。"盖桥旁两岸,多植柳树,故咏柳辄及之。《佩文韵府·十五翰》"灞岸"条下,引戎昱诗云:"杨柳含烟灞岸春,年年攀折为行人。"靳《注》又引罗隐诗云:"柳攀霸岸狂遮袂,水忆池阳渌满心。"(按此罗隐《送进士臧濆下第后归池州》句。)

⑥《四库·乐府指迷·提要》云:"又谓说桃须用红雨刘郎等字,说柳须用章台灞岸等字,说书须用银钩等字,说泪须用玉箸等字,说发须用绛云等字,说簟须用湘竹等字,不可直说破。其意欲避鄙俗,而不知转成涂饰,亦非确论。"

美成《青玉案》词:"叶上初阳干宿雨,水面清圆,一一风荷举。^①"此真能得荷之神理者。觉白石《念奴娇》《惜红衣》二词犹有隔雾看花之恨[②]。

①《彊村丛书》本周邦彦《片玉集》卷之四,《苏幕遮》云:"燎沉香,销溽暑。鸟雀呼晴,侵晓窥檐语。叶上初阳干宿雨,水面清圆,一一风荷举。　故乡遥,何日去?家住吴门,久作长安旅。五月渔郎相忆否?小楫轻舟,梦入芙蓉浦。"按《青玉案》调名,当为《苏幕遮》之误,应正。

②《彊村丛书》本《白石道人歌曲》卷之四,载《念奴娇》云:"闹红一舸,记来时、常与鸳鸯为侣。三十六陂人未到,水佩风裳无数。翠叶吹凉,玉容消酒,更洒菰蒲雨。嫣然摇动,冷香飞上诗句。　日暮。青盖亭亭,情人不见,争忍凌波去。只恐舞衣寒易落,愁入西风南浦。高柳垂阴,老鱼吹浪,留我花间住。田田多少,几回沙际归路?"又卷之五,载《惜红衣》云:"簟枕邀凉,琴书换日,睡余无力。细洒冰泉,并刀破甘碧。墙头唤酒,谁问讯,城南诗客。岑寂。高柳晚蝉,说西风消息。　虹梁水陌。鱼浪吹香,红衣半狼藉。维舟试望,故国渺天北。可惜渚边沙外,不共美人游历。问甚时同赋,三十六陂秋色?"按白石二首,亦并咏荷花,其曰舞衣,曰红衣,盖用拟人之格,未若美成直抒物理也。

东坡《水龙吟·咏杨花》①，和韵而似原唱；章质夫词②原唱而似和韵，才之不可强也如是。

①《彊村丛书》本苏轼《东坡乐府》卷二，《水龙吟·次韵章质夫杨花词》云："似花还似非花，也无人惜从教坠。抛家傍路，思量却是，无情有思。萦损柔肠，困酣娇眼，欲开还闭。梦随风万里，寻郎去处，又还被，莺呼起。　不恨此花飞尽，恨西园落红难缀。晓来雨过，遗踪何在？一池萍碎。春色三分，二分尘土，一分流水。细看来，不是杨花，点点是离人泪！"

②《词综》卷七章楶（字质夫）《水龙吟·柳花》云："燕忙莺懒芳残，正堤上、柳花飘坠。轻飞乱舞，点画青林，全无才思。闲趁游丝，静临深院，日长门闭。傍珠帘散漫，垂垂欲下，依前被、风扶起。　兰帐玉人睡觉，怪春衣、雪沾琼缀。绣床渐满，香球无数，才圆却碎。时见蜂儿，仰粘轻粉，鱼吞池水。望章台路杳，金鞍游荡，有盈盈泪！"

咏物之词，自以东坡《水龙吟》为最工。邦卿《双双燕》次之。①白石《暗香》《疏影》②格调虽高，然无一语道着，视古人"江边一树垂垂发③"等句何如耶？

①《词源》卷下《咏物门》云："诗难于咏物，词为尤难，体认稍真，则拘而不畅。模写差远，则晦而不明。要须收纵联密，用事合题，一段意思，全在结句，斯为绝妙。"叔夏并举史邦卿《东风第一枝·咏春雪》《绮罗香·咏春雨》《双双燕·咏燕》诸词为佳例，惟不及东坡《水龙吟》。检《彊村丛书》本《东坡乐府·水龙吟》凡六首：卷一《水龙吟·赠赵晦之》一首。卷二载《水龙吟·闾丘大夫》一首，又《水龙吟·昔谢自然》一首，又《水龙吟·次韵章质夫杨花词》一首。卷三载《水龙吟》一首，又一首旧题作《咏雁》。六首中咏物词仅《次韵》及《咏雁》二首，尤以《次韵》为工，词已见前。史邦卿（达祖）《双双燕》云："过春社了，度帘幕中间，去年尘冷。差池欲住，试入旧巢相并。还相雕梁藻井，又软语商量不定。飘然快拂花梢，翠尾分开红影。　芳径，芹泥雨润。爱贴地争飞，竞夸轻俊。红楼晚归，看足柳昏花暝。应自栖香正稳，便忘了、天涯芳信。愁损翠黛双蛾，日日画阑独凭。"

②《词源》卷下《意趣门》，举姜白石（夔）《暗香》《疏

影》二首以为皆清空中有意趣。《暗香》云："旧时月色，算几番照我，梅边吹笛。唤起玉人，不管清寒与攀摘。何逊而今渐老，都忘却春风词笔。但怪得竹外疏花，香冷入瑶席。　江国，正寂寂，叹寄与路遥，夜雪初积。翠樽易泣，红萼无言耿相忆。长记曾携手处，千树压西湖寒碧，又片片、吹尽也，几时见得？"《疏影》云："苔枝缀玉，有翠禽小小，枝上同宿。客里相逢，篱角黄昏，无言自倚修竹。昭君不惯胡沙远，但暗忆、江南江北。想佩环、月夜归来，化作此花幽独。　犹记深宫旧事，那人正睡里，飞近蛾绿。莫似春风，不管盈盈，早与安排金屋。还教一片随波去，又却怨、玉龙哀曲。等恁时、重觅幽香，已入小窗横幅。"（二词均在《彊村丛书》本《白石道人歌曲》卷之五。）

③杜甫《和裴迪登蜀州东亭送客逢早梅相忆见寄》："东阁官梅动诗兴，还如何逊在扬州。此时对雪遥相忆，送客逢春可自由。幸不折来伤岁暮，若为看去乱乡愁。江边一树垂垂发，朝夕催人自白头。"

白石写景之作，如"二十四桥仍在，波心荡、冷月无声[①]"，"数峰清苦，商略黄昏雨[②]"，"高树晚蝉，说西风消息[③]"，虽格韵高绝，然如雾里看花，终隔一层。梅溪、梦窗诸家写景之病，皆在一"隔"字。北宋风流，渡江遂绝，抑真有运会存乎其间耶？

　　[①]《彊村丛书》本《白石道人歌曲》卷之五，《自度曲》云："淮左名都，竹西佳处，解鞍少驻初程。过春风十里，尽荠麦青青。自胡马窥江去后，废池乔木，犹厌言兵。渐黄昏，清角吹寒，都在空城。　杜郎俊赏，算而今、重到须惊。纵豆蔻词工，青楼梦好，难赋深情。二十四桥仍在，波心荡、冷月无声。念桥边红药，年年知为谁生？"

　　[②]《彊村丛书》本《白石道人歌曲》卷之三，《点绛唇》第一首云："燕雁无心，太湖西畔随云去。数峰清苦，商略黄昏雨。　第四桥边，拟共天随住，今何许？凭栏怀古，残柳参差舞。"

　　[③]二句见上引《惜红衣》词。"高树"一作"高柳"。

问"隔"与"不隔"之别，曰：陶谢之诗不隔①，延年则稍隔矣②；东坡之诗不隔，山谷则稍隔矣③。"池塘生春草"④"空梁落燕泥"⑤等二句，妙处唯在不隔，词亦如是。即以一人一词论，如欧阳公《少年游·咏春草》上半阕云："阑干十二独凭春，晴碧远连云，二月三月，千里万里，行色苦愁人。"语语都在目前，便是不隔；至云："谢家池上，江淹浦畔。"则隔矣⑥。白石《翠楼吟》："此地宜有词仙，拥素云黄鹤，与君游戏，玉梯凝望久，叹芳草萋萋千里"，便是不隔；至"酒祓清愁，花消英气"，则隔矣⑦。然南宋词，虽不隔处，比之前人，自有浅深厚薄之别。

　　①萧统评渊明之诗，为抑扬爽朗，莫之与京。鲍照评灵运之诗，如初日芙蓉，自然可爱，曰爽朗，曰自然，即此所谓不隔也。
　　②汤惠休评颜延年诗，如错采镂金。盖病其雕绘过甚，即有胜义，难以直寻。此王氏所以谓之隔也。
　　③沈德潜评东坡诗笔超旷，等于天马脱羁，飞跞游戏，穷极变幻，而适如意中所欲出。赵翼评东坡之诗，爽如哀梨，快如并剪，有必达之隐，无难显之情。并足证东坡诗之不隔也。陈后山谓山谷学杜，过于出奇，不如杜之遇物而奇。沈德潜则以太生目之。过于出奇与太生云者，盖指摘其失自然之义。即此山谷稍隔之说也。《许彦周诗话》引林艾轩云："丈夫见客，

大踏步便出去；若女子便有许多妆裹。此坡谷之别也。"喻苏爽黄涩尤显。

④丁刊《全宋诗》卷三谢灵运《登池上楼》云："潜虬媚幽姿，飞鸿响远音。薄霄愧云浮，栖川怍渊沉。进德智所拙，退耕力不任。徇禄反穷海，卧疴对空林。衾枕昧节候，褰开暂窥临。倾耳聆波澜，举目眺岖嵚。初景革绪风，新阳改故阴。池塘生春草，园柳变鸣禽。祁祁伤豳歌，萋萋感楚吟。索居易永久，离群难处心。持操岂独古，无闷征在今。"

⑤丁刊《全隋诗》卷二薛道衡《昔昔盐》云："垂柳覆金堤，蘼芜叶复齐。水溢芙蓉沼，花飞桃李蹊。采桑秦氏女，织锦窦家妻。关山别荡子，风月守空闺。恒敛千金笑，长垂双玉啼。盘龙随镜隐，彩凤逐帷低。飞魂同夜鹊，倦寝忆晨鸡。暗牖悬蛛网，空梁落燕泥。前年过代北，今岁往辽西。一去无消息，那能惜马蹄！"

⑥《少年游》词全文，已见前注。"谢家池上"，用谢灵运"池塘生春草"句典；"江淹浦畔"，用江淹《别赋》"春草碧色，春水绿波，送君南浦，伤如之何"四句。谢江原作，皆妙见兴象，欧词则凿死妙语，意晦趣隔矣。

⑦《彊村丛书》本《白石道人歌曲》卷之六，自制曲《翠楼吟》云："月冷龙沙，尘清虎落，今年汉酺初赐。新翻胡部曲，听毡幕元戎歌吹。层楼高峙。看槛曲萦红，檐牙飞翠。人姝丽，粉香吹下，夜寒风细。　此地宜有词仙，拥素云黄鹤，与君游戏。玉梯凝望久，叹芳草萋萋千里。天涯情味。仗酒祓清愁，花消英气。西山外，晚来还卷，一帘秋霁。"

"生年不满百,常怀千岁忧。昼短苦夜长,何不秉烛游?^①""服食求神仙,多为药所误。不如饮美酒,被服纨与素。^②"写情如此,方为不隔。"采菊东篱下,悠然见南山。山气日夕佳,飞鸟相与还。""天似穹庐,笼盖四野。天苍苍,野茫茫,风吹草低见牛羊。^③"写景如此,方为不隔。

①《文选·古诗十九首》第十五首云:"生年不满百,常怀千岁忧。昼短苦夜长,何不秉烛游?为乐当及时,何能待来兹!愚者爱惜费,但为后世嗤。仙人王子乔,难可与等期!"

②《文选·古诗十九首》第十三首云:"驱车上东门,遥望郭北墓。白杨何萧萧,松柏夹广路。下有陈死人,杳杳即长暮。潜寐黄泉下,千载永不寤。浩浩阴阳移,年命如朝露。人生忽如寄,寿无金石固。万岁更相送,圣贤莫能度。服食求神仙,多为药所误,不如饮美酒,被服纨与素。"

③丁刊《全北齐诗》斛律金《敕勒歌》云:"敕勒川,阴山下。天似穹庐,笼盖四野。天苍苍,野茫茫,风吹草低见牛羊。"

古今词人格调之高无如白石。惜不于意境上用力，故觉无言外之味，弦外之响，终不能与于一流作者也。

南宋词人，白石有格而无情，剑南①有气而乏韵，其堪与北宋人颉颃者，唯一幼安耳。近人祖南宋而祧北宋，以南宋之词可学，北宋不可学也。学南宋者，不祖白石，则祖梦窗，以白石、梦窗可学，幼安不可学也。学幼安者率祖其粗犷滑稽，以其粗犷滑稽处可学，佳处不可学也。幼安之佳处，在有性情，有境界。即以气象论，亦有"横素波、干青云②"之概。宁后世龌龊小生所可拟耶？

①剑南即陆游。
②萧统《陶渊明集·序》云："横素波而傍流，干青云而直上。"

东坡之词旷①,稼轩之词豪②。无二人之胸襟而学其词,犹东施之效捧心也。

①《艺概》云:"东坡词具神仙出世之姿。"
②《艺概》云:"稼轩词龙腾虎掷,《宋史·本传》称其雅善长短句,悲壮激烈。"

读东坡、稼轩词，须观其雅量高致，有伯夷柳下惠之风。白石虽似蝉蜕尘埃，然终不免局促辕下。

苏、辛词中之狂，白石犹不失为狷，若梦窗、梅溪、玉田、草窗、中麓辈，面目不同，同归于乡愿而已[①]。

[①]按狂者进取，狷者则有所不为，虽非中道之士，而孔门固犹有取。苏辛之词，大抵皆具豪放之致，而白石之词，刘熙载譬诸"藐姑冰雪"，其与苏辛之异，亦犹狷之殊狂也。至吴文英（梦窗）、史达祖（梅溪）、张炎（玉田）、周密（草窗）及明人李开先（中麓）之词，大抵好修为常，性灵渐隐，亦犹乡愿之色厉内荏，似是而非。害德害文，不妨同喻。

稼轩中秋饮酒达旦,用《天问》体作《木兰花慢》①以送月曰:"可怜今夕月,向何处,去悠悠?是别有人间,那边才见,光景东头。"词人想象,直悟月轮绕地之理,与科学家密合,可谓神悟。

①四印斋刻本辛弃疾《稼轩词》卷四,载《木兰花慢》云:"可怜今夕月,向何处,去悠悠?是别有人间,那边才见,光景东头?是天外空汗漫,但长风浩浩送中秋。飞镜无根谁系?嫦娥不嫁谁留? 谁经海底问无由?恍惚使人愁。怕万里长鲸,纵横触破,玉殿琼楼。虾蟆故堪浴水,问云何玉兔解沉浮?若道都齐无恙,云何渐渐如钩?"

周介存谓:"梅溪词中喜用偷字,足以定其品格。①"刘融斋谓:"周旨荡而史意贪。②"此二语令人解颐。

①语见周济《介存斋论词杂著》。
②《艺概》云:"周美成律最精审,史邦卿句最警炼,然未得为君子之词者,周旨荡而史意贪也。"

介存谓梦窗词之佳者"如水光云影,摇荡绿波,抚玩无极,迫寻已远"。余览《梦窗甲乙丙丁稿》①中,实无足当此者;有之,其"隔江人在雨声中,晚风菰叶生秋怨"②二语乎?

　　①《梦窗甲乙丙丁稿》,毛氏汲古阁刻。
　　②《彊村丛书》本吴文英《梦窗词集补·踏莎行》云:"润玉笼绡,檀樱倚扇,绣圈犹带脂香浅。榴心空叠舞裙红,艾枝应压愁鬟乱。　午梦千山,窗阴一箭,香瘢新褪红丝腕。隔江人在雨声中,晚风菰叶生秋怨。"

梦窗之词，余得取其词中之一语以评之曰："映梦窗，凌乱碧。①"玉田之词，余得取其中之一语以评之曰："玉老田荒"②。

①《彊村丛书》本吴文英《梦窗词集·秋思》云："堆枕香鬟侧。骤夜声、偏称画屏秋色。风碎串珠，润侵歌板，愁压眉窄。动罗篆清商，寸心低诉叙怨抑。映梦窗，零乱碧。待涨绿春深，落花香泛，料有断红流处，暗题相忆。　欢酌。檐花细滴。送故人、粉黛重饰。漏侵琼瑟，丁东敲断，弄晴月白。怕一曲《霓裳》未终，催去骖凤翼。叹谢客、犹未识，漫瘦却东阳，灯前无梦到得，路隔重云雁北。"

②《彊村丛书》本张炎（玉田）《山中白云词》卷八，《踏莎行·跋寄傲诗集》云："水落槎枯，田荒玉碎，夜阑秉烛惊相对。故家人物已无传，一灯却照清江外。　色展天机，光摇海贝，锦囊日月奚童背，重逢何处抚孤松，共吟风月西湖醉。"靳《注》云："田荒当为田荒玉碎之意引。"

"明月照积雪①""大江流日夜②""中天悬明月③""黄河落日圆④",此种境界,可谓千古壮观。求之于词,唯纳兰容若塞上之作,如《长相思》之"夜深千帐灯⑤",《如梦令》之"万帐穹庐人醉,星影摇摇欲坠⑥",差近之。

①丁刊《全宋诗》卷三,谢灵运《岁暮》,"殷忧不能寐,苦此夜难颓。明月照积雪,朔风劲(或作清)且哀。运往无淹物,年逝觉已(或作易)催。"

②丁刊《全齐诗》卷三:谢朓《暂使下都夜发新林至京邑赠西府同僚》,"大江流日夜,客心悲未央。徒念关山近,终知返路长。秋河曙耿耿,寒渚夜苍苍。引领见京室,宫雉正相望。金波丽鳷鹊,玉绳低建章。驱车鼎门外,思见昭丘阳。驰晖不可接,何况隔两乡!风云有鸟路,江汉限无梁。常恐鹰隼击,时菊委严霜。寄言罻罗者,寥廓已高翔!"朓字玄晖,南齐下邳人,与灵运等同为玄之后。

③杜甫《后出塞》内句也,全诗见前。

④《全唐诗》卷一二六王维《使至塞上》云:"单车欲问边,属国过居延(一作衔命辞天阙,单车欲问边)。征蓬出汉塞,归雁入胡天。大漠孤烟直,长河落日圆。萧关逢候吏(一作骑),都护在燕然。"王引偶有异文。

⑤纳兰容若《饮水词》卷上,载《长相思》云:"山一程,

水一程,身向榆关那畔行,夜深千帐灯。 风一更,雪一更,聒碎乡心梦不成,故园无此声!"

⑥《纳兰词补遗》载《如梦令》云:"万帐穹庐人醉,星影摇摇欲坠。归梦隔狼河,又被河声搅碎。还睡,还睡,解道醒来无味。"

纳兰容若以自然之眼观物,以自然之舌言情。此由初入中原,未染汉人风气,故能真切如此。北宋以来,一人而已。

陆放翁跋《花间集》,谓:"唐季五代诗愈卑,而倚声辄简古可爱。能此不能彼,未可以理推也。"《提要》驳之,谓:"犹能举七十斤者,举百斤则蹶,举五十斤则运掉自如。"其言甚辨①。然谓词必易于诗,余未敢信。善乎陈卧子②之言曰:"宋人不知诗而强作诗,故终宋之世无诗。然其欢愉愁苦之致,动于中而不能抑者,类发于诗余,故其所造独工。"五代词之所以独胜,亦以此也。

①《四库提要》云:"《花间集》后有陆游二《跋》:其一称斯时天下岌岌,士大夫乃流宕如此,或者出于无聊。不知惟士大夫流宕如此,天下所以岌岌。游未返思其本耳。其二称唐季五代诗愈卑,而倚声者辄简古可爱。能此不能彼,未易以理推也(参看下卷"诗至唐中叶以后"条注②)。不知文之体格有高卑,人之学力有强弱。学力不足副其体格,则举之不足;学力足以副其体格,则举之有余。律诗降于古诗,故中晚唐古诗多不工,而律诗则时有佳作;词又降于律诗,故五季人诗不及唐,词乃独胜。此犹能举七十斤者举百斤则蹶;举五十斤,则运掉自如。有何不可理推乎?"

②陈卧子,名子龙,更字人中,号大樽,明松江华亭人。有《诗问略》行世(参看下卷"诗至唐中叶以后"条注②)。

四言敝而有《楚辞》,《楚辞》敝而有五言,五言敝而有七言,古诗敝而有律绝,律绝敝而有词。盖文体通行既久,染指遂多,自成习套。豪杰之士,亦难于其中自出新意,故遁而作他体,以自解脱。一切文体所以始盛终衰者,皆由于此。故谓文学后不如前,余未敢信。但就一体论,则此说固无以易也。

诗之三百篇、十九首,词之五代、北宋,皆无题也;非无题也,诗词其意,不能以题尽之也。自《花庵》①《草堂》②每调立题,并古人无题之词亦为作题。如观一幅佳山水,而即曰此某山某河,可乎?诗有题而诗亡,词有题而词亡。然中材之士,鲜能知此而自振拔矣。

①《花庵》,词选名,宋黄昇编,凡二十卷。前十卷名《唐宋诸贤绝妙词选》,始于唐李白,终于北宋王昂;方外闺秀各为一卷附焉。后十卷曰《中兴以来绝妙词选》,始于康与之,终于黄昇。黄昇,字叔旸,号玉林,闽人。

②《草堂》即《草堂诗馀》,武林逸史编。词家有小令中调长调之分,自此书始。凡四卷。武林逸史不详何人。此书旧传为南宋人所编。

大家之作，其言情也必沁人心脾；其写景也必豁人耳目；其辞脱口而出，无矫揉妆束之态。以其所见者真，所知者深也。诗词皆然。持以衡古今之作者，可无大误矣。

人能于诗词中不为美刺投赠之篇，不使隶事之句，不用粉饰之字，则于此道已过半矣。

以《长恨歌》之壮采，而所隶之事，只"小玉双成"四字，才有余也。梅村歌行，则非隶事不办①。白、吴优劣，即于此见。不独作诗为然，填词家亦不可不知也。

①按如吴梅村伟业《圆圆曲》，使事固多，亦由避触时忌使然。白乐天《长恨歌》，则有陈鸿之传在前，故能运以轻灵。势有不同，未可遽判其优劣。

近体诗体制，以五七言绝句为最尊；律诗次之；排律最下。盖此体于寄兴言情，两无所当，殆有韵之骈体文耳。词中小令如绝句，长调如律诗，若长调之《百字令》《沁园春》等，则近于排律矣。

　　诗人对宇宙人生，须入乎其内，又须出乎其外。入乎其内，故能写之；出乎其外，故能观之。入乎其内，故有生气；出乎其外，故有高致。美成能入而不能出，白石以降，于此二事皆未梦见。

　　诗人必有轻视外物之意，故能以奴仆命风月。又必有重视外物之意，故能与花草共忧乐。

　　"昔为倡家女，今为荡子妇。荡子行不归，空床难独守。"①"何不策高足，先据要路津？无为久贫贱，轗轲长苦辛。②"可谓淫鄙之尤。然无视为淫词③鄙词④者，以其真也。五代、北宋之大词人亦然。非无淫词，读之者但觉其亲切动人；非无鄙词，但觉其精力弥满。可知淫词与鄙词之病，非淫与鄙之病，而游词之病也。"岂不尔思，室是远而"，而子曰："未之思也。夫何远之有？⑤"恶其游也。

　　①《古诗十九首》第二首："青青河畔草，郁郁园中柳。盈盈楼上女，皎皎当窗牖。娥娥红粉妆，纤纤出素手。昔为倡家女，今为荡子妇。荡子行不归，空床难独守。"

　　②《古诗十九首》第四首："今日良宴会，欢乐难具陈。

弹筝奋逸响，新声妙入神。令德唱高言，识曲听其真。齐心同所愿，含意俱未伸。人生寄一世，奄忽若飘尘。何不策高足，先据要路津？无为守穷贱，轗轲常苦辛。"

③金应珪《词选后序》云："义非宋玉，而独赋蓬发；谏谢淳于，而唯陈履舄、揣摩床笫，污秽中冓。是为淫词。"

④金应珪《词选后序》云："猛起奋末，分言析字，诙嘲则俳优之末流，叫啸则市侩之盛气，此犹巴人振喉以和阳春，亀蝛怒嗌以调疏越，是谓鄙词。"

⑤《论语·子罕》云："唐棣之华，偏其反而；岂不尔思，室是远而。子曰：未之思也，夫何远之有？"

"枯藤老树昏鸦。小桥流水平沙*。古道西风瘦马。夕阳西下,断肠人在天涯。"此元人马东篱①《天净沙》小令也。寥寥数语,深得唐人绝句妙境。有元一代词家,皆不能办此也。

①马东篱,号东篱,名致远,元大都人。所作曲存于《元曲选》中者,凡《青衫泪》《岳阳楼》《陈抟高卧》《汉宫秋》《荐福碑》及《任风子》等。

---

*《历代诗馀》中为"平沙",别本皆为"人家"。——编者注

白仁甫《秋夜梧桐雨》剧，沉雄悲壮，为元曲冠冕[①]。然所作《天籁词》，粗浅之甚，不足为稼轩奴隶。岂创者易工，而因者难巧欤？抑人各有能有不能也？读者观欧秦之诗，远不如词，足透此中消息。

[①]吴梅云："白朴（仁甫）《唐明皇秋夜梧桐雨》杂剧，结构之妙，较他种更胜，不袭通常团圆套格，而夜雨闻铃作结，高出常手万倍。"

王国维
人间词话
[卷下]

白石之词,余所最爱者,亦仅二语:曰"淮南皓月冷千山,冥冥归去无人管。①"

①《彊村丛书》本《白石道人歌曲》卷三,《踏莎行·自沔东来,丁未元日,至金陵江上,感梦而作》:"燕燕轻盈,莺莺娇软,分明又向华胥见。夜长争得薄情知,春初早被相思染。别后书辞,别时针线,离魂暗逐郎行远。淮南皓月冷千山,冥冥归去无人管!"

双声叠韵之论，盛于六朝①。唐人犹多用之②。至宋以后，则渐不讲，并不知二者为何物。乾嘉间吾乡周松霭（春）著《杜诗双声叠韵谱括略》，正千余年之误，可谓有功文苑者矣。其言曰："两字同母谓之双声。两字同韵谓之叠韵。③"余按用今日各国文法通用之语表之：则两字同一子音者，谓之双声，如《南史·羊元保传》之"官家恨狭，更广八分。"官家更广四字，皆从k得声。《洛阳伽蓝记》之狞奴慢骂，狞奴二字，皆从n得声，慢骂二字，皆从m得声也。两字同一母音者，谓之叠韵，如梁武帝"后牖有朽柳④"，后牖有三字，双声而兼叠韵。有朽柳三字，其母音皆为u。刘孝绰之"梁皇长康强"，梁长强三字，其母音皆为ian也。自李淑《诗苑》⑤，伪造沈约之说，以双声叠韵为诗中八病之二⑥。后世诗家多废而不讲，亦不复用之于词。余谓苟于词之荡漾处，多用叠韵，促节处多用双声，则其铿锵可诵，必有过于前人者，惜世之专讲音律者，尚未悟此也。

　　①如《宋书·谢庄传》，载庄得王玄谟，玄护为双声，磝碻为叠韵。又《王玄保传》好为双声。又沈约所谓一简之内，音韵尽殊，与刘勰所谓响有双叠，双声隔字而每舛，叠韵杂句而必睽同理。皆论双声叠韵之说也。

　　②如杜诗最善运双叠，周春曾为谱以著之。

　　③此与刘勰所谓"异音相从谓之和，同声相应谓之韵"

同理。

④《韵语阳秋》引陆龟蒙诗序曰:"叠韵起自梁武帝,云'后牖有朽柳',当时侍从之臣皆唱和,刘孝绰云:'梁王长康强!'沈休文云:'载碓每碍埭。'自后用此体作为小诗者多矣。"

⑤宋李淑《诗苑类格》三卷,书佚。《玉海》五十四云:"翰林学士李淑承诏编为三卷,上卷首以真宗御制八篇,条解声律为常格,别二篇为变格,又以沈约而下二十八人评诗者次之。中卷叙古诗杂体三十门。下卷叙古人体制别有六十七门。"

⑥八病中有傍纽病,谓一句之内,犯两用同纽字之病也。亦即刘勰所谓双声隔字而每舛。又有小韵病,谓一句之内,犯两用同韵字之病也。亦即刘勰所谓叠韵杂句而必睽。

诗至唐中叶以后①,殆为羔雁之具矣。故五代北宋之诗,佳者绝少。而词则为其极盛时代②。即诗词兼擅如永叔少游者词胜于诗远甚,以其写之于诗者不若写之于词者之真也。至南宋以后,词亦为羔雁之具,而词亦替矣。此亦文学升降之一关键也。

①按唐中叶以后,唱酬诗繁,和韵尤为风行,窠步相寻,诗之真趣尽矣。

②陆游云:"诗至晚唐五季,气格卑陋,千家一律,而长短句独精巧高丽,后世莫及。"陈子龙云:"宋人不知诗而强作诗,其为诗也,言理而不言情,终宋之世无诗。然其欢愉愁苦之致,动于中而不能抑者,类发于诗馀,故其所造独工,盖以沈挚之思而出必浅近,使读之者骤遇之如在耳目之前,久诵之而得隽永之趣,则用意难也;以儇利之词。而制之必工炼,使篇无累句,句无累字,圆润明密,言如贯珠,则铸词难也;其为体也纤弱,明珠翠羽,犹嫌其重,何况龙鸾必有鲜妍之姿,而不藉粉泽,则设色难也;其为境也婉媚,虽以惊露取妍,实贵含蓄不尽,时在低徊唱叹之际,则命篇难也:宋人专事之,篇什既富,触景皆会,虽高谈大雅,而亦觉其不可废也。"(见《历代诗馀》卷一一二引,又卷一一八引。又前卷陆放翁、陈卧子条可参。)

曾纯甫中秋应制，作《壶中天慢》词①，自注云："是夜西兴亦闻天乐。"谓宫中乐声，闻于隔岸也。毛子晋谓天神亦不以人废言。近冯梦华复辨其诬②，不解天乐二字文义，殊笑人也。

①曾觌字纯甫，汴人。孝宗受禅，以潜邸旧人，除权知阁门事。有《海野词》，收入毛晋所刻《宋六十名家词》。《壶中天慢》调下自注云："此进御月词也。上皇大喜曰：'从来月词，不曾用金瓯事，可谓新奇。'赐金束带紫番罗水晶碗，上亦赐宝盏，至一更五点还宫，至夜西兴亦闻天乐焉。"词曰"素飙漾碧，看天衢稳送、一轮明月。翠水瀛壶人不到，比似世间秋别。玉手瑶笙，一时同色，小按《霓裳》叠，天津桥上、有人偷记新阕。　　当日谁幻银桥，阿瞒儿戏，一笑成痴绝。肯信群仙高晏处，移下水晶宫阙。云海尘清，山河影满，桂冷吹香雪。何劳玉斧，金瓯千古无缺。"毛晋跋语云："进月词，'一夕西兴，共闻天乐'岂天神亦不以人废言耶。"

②冯煦（梦华）《宋六十一家词选·例言》云："曾纯甫赋进御月词（按即《壶中天》词），其自记云，是夜西兴亦闻天乐。子晋遂谓天神亦不以人废言，不知宋人每好自神其说，白石道人尚欲以巢湖风驶归功于《平调满江红》，于海野何讥焉。《独醒杂志》谓逻卒闻张建封庙中鬼歌东坡燕子楼乐章，则又出他人之传会，益无征已。"

北宋名家，以方回为最次①。其词如历下新城之诗②，非不华赡，惜少真味。

①沈雄《柳塘词话》云："方回作《青玉案》词，黄山谷赠以诗云，'解道江南肠断句，只今惟有贺方回！'其为前辈推重可知。因词中有'梅子黄时雨'，人呼为贺梅子。"陈廷焯《白雨斋词话》卷一云："方回《踏莎行·荷花》云：'断无蜂蝶慕幽香，红衣脱尽芳心苦。'下云：'当年不肯嫁东风，无端却被秋风误！'此词骚情雅意，哀怨无端，读者亦不自知何以心醉，何以泪堕。《浣溪沙》云：'记得西楼凝醉眼，昔年风物似而今，只无人与共登临！'只用数虚字盘旋唱叹，而情事毕现，神乎技矣。世第赏其梅子黄时雨一章，犹是耳食之见。"沈陈二氏论词均推方回，而王氏竟以乏真味少之，可见词坛定论之难。

②李攀龙，明历城人，诗主声调。王士禛，清新城人，诗主神韵。

散文易学而难工，骈文难学而易工；近体诗易学而难工，古体诗难学而易工，小令易学而难工，长调难学而易工。

古诗云： "谁能思不歌？谁能饥不食？^①"诗词者，物之不得其平而鸣者也^②。故欢愉之辞难工，愁苦之言易巧^③。

①《子夜歌》云："谁能思不歌，谁能饥不食。日冥当户倚，惆怅底不忆？"

②韩愈《送孟东野序》云："大凡物不得其平则鸣，其于人也亦然。孟郊东野，始以其诗鸣，抑不知天将和其声而使鸣国家之盛耶？抑将穷饿其身，思愁其心肠，而使自鸣其不幸耶？"

③《白雨斋词话》卷七云："诗以穷而后工，倚声亦然。故仙词不如鬼词，哀则幽郁，乐则浅显也。"

社会上之习惯，杀许多之善人；文学上之习惯，杀许多之天才。

昔人论诗词，有景语情语之别，不知一切景语，皆情语也。

词家多以景寓情，其专作情语而绝妙者，如牛峤之"甘作一生拼，尽君今日欢！"顾夐之"换我心，为你心，始知相忆深！②"欧阳修之"衣带渐宽终不悔，为伊消得人憔悴！③"美成之"许多烦恼，只为当时，一饷留情！④"此等词，求之古今人词中，曾不多见。

①按峤，蜀人。检原词，"甘"字应作"须"字。王国维辑本《牛给事词·菩萨蛮》其七云："玉炉冰簟鸳鸯锦，粉融香汗流山枕。帘外辘轳声，敛眉含笑惊。　柳阴烟漠漠，低鬓蝉钗落。须作一生拼，尽君今日欢！"贺裳《皱水轩词筌》云："小词以含蓄为佳，亦有作决绝语而妙者：如牛峤'须作一生拼，尽君今日欢！'抑亦其次。"

②按顾夐，蜀人。王国维辑本《顾太尉词·诉衷情》其二云："永夜抛人何处去，绝来音。香阁掩，眉敛，月将沉。争忍不相寻，怨孤衾。换我心，为你心，始知相忆深！"

③按此系柳永词，作欧阳，误。全词已见卷上，不赘引。贺裳《皱水轩词筌》云："小词含蓄为佳，亦有作决绝语而妙者：如韦庄'谁家年少足风流，妾拟将身嫁与一生休！纵被无情弃，不能羞'之类是也，柳耆卿'衣带渐宽终不悔，为伊消

得人憔悴！'亦即韦意而气加婉矣。"

④《彊村丛书》本《片玉集》卷六，《庆宫春·越调》云："云接平冈，山围寒野，路回渐转孤城。衰柳啼鸦，惊风驱雁，动人一片秋声。倦途休驾，淡烟里、微茫见星。尘埃憔悴，生怕黄昏，离思牵萦。　　华堂旧日逢迎，花艳参差，香雾飘零。弦管当头，偏怜娇凤，夜深簧暖笙清。眼波传意，恨密约、匆匆未成。许多烦恼，只为当时，一饷留情！"

词之为体,要眇宜修①。能言诗之所不能言,而不能尽言诗之所能言。诗之境阔,词之言长。

①《九歌·湘君》:"美要眇兮宜修。"

言气质①，**言神韵**②，**不如言境界。有境界，本也。气质神韵，末也**③。**有境界而二者随之矣。**

①气质指人之才分。自魏文帝已阐此义。

②王士禛所谓神韵，翁方纲以为即格调之改称。说见《石洲诗话》。

③境界之说，王氏自谓独创，已见卷上。境界由文思构成，而以灏烂为贵。思君如流水，既是即目；高台多悲风，亦惟所见。钟嵘论文境，雅重耳目之不隔，王氏之说果无所本乎。至以作者才分论文，以文字声调论文，自未若以文学之境界论文为更深切也。

"西风吹渭水,落日满长安。"①美成以之入词②,白仁甫以之入曲③,此借古人之境界,为我之境界者也。然非自有境界,古人亦不为我用。

①按贾岛原诗,为"秋风吹渭水,落叶满长安。"王氏误记一二字,应勘正。(陈子龙云:"贾诗,后人传为吕洞宾诗。")

②《片玉集》卷五,《齐天乐(正宫)·秋思》云:"绿芜凋尽台城路,殊乡又逢秋晚。暮雨生寒,鸣蛩劝织,深阁时闻裁剪。云窗静掩,叹重拂罗裀,顿疏花簟。尚有练囊,露萤清夜照书卷。　荆江留滞最久,故人相望处,离思何限。渭水西风,长安乱叶,空忆诗情宛转。凭高眺远,正玉液新篘,蟹螯初荐。醉倒山翁,但愁斜照敛。"

③白仁甫《德胜乐·秋》(第三段)云:"玉露冷,蛩吟砌,听落叶西风渭水,寒雁儿长空嘹唳,陶元亮醉在东篱!"(录自任讷校补《阳春白雪补集》。《太和正音谱》首二句作"玉露泠泠蛩吟砌,落叶西风渭水"。)

长调自以周、柳、苏、辛为最工。美成《浪淘沙慢》二词①**，精壮顿挫，已开北曲之先声。若屯田之《八声甘州》**②**，东坡之《水调歌头》**③**，则伫兴之作，格高千古，不能以常调论也。**

①按美成《浪淘沙》，本集只一篇。二词若作一词之前后片解，亦不经见。疑"二"字衍，应作"美成《浪淘沙》慢词"。其词云："晓阴重，霜凋岸草，雾隐城堞。南陌脂车待发，东门帐饮乍阕。正拂面，垂杨堪揽结。掩红泪，玉手亲折。念汉浦离鸿去何许？经时信音绝。　情切，望中地远天阔，向露冷、风清无人处，耿耿寒漏咽。嗟万事难忘，惟是轻别。翠尊未竭，凭断云，留取西楼残月。罗带光消纹衾叠，连环解，旧香顿歇。怨歌永，琼壶敲尽缺。恨春去，不与人期，弄夜色，空余满地梨花雪。"

②柳耆卿《乐章集》下卷，《八声甘州》云："对潇潇暮雨洒江天，一番洗清秋。渐霜风凄紧，关河冷落，残照当楼。是处红衰翠减，苒苒物华休！惟有长江水，无语东流！　不忍登高临远，望故乡渺邈，归思难收。叹年来踪迹，何事苦淹留！想佳人妆楼长望，误几回天际识归舟。争知我倚阑干处，正恁凝愁！"

③检《彊村丛书》编年本《东坡乐府》，得《水调歌头》四首：一为《中秋欢饮兼怀子由》作；二为《和子由》作；三

为《快哉亭》作;四为《櫽括退之听琴诗》作。兹录其一示例:"明月几时有?把酒问青天。不知天上宫阙,今夕是何年。我欲乘风归去,惟恐琼楼玉宇,高处不胜寒。起舞弄清影,何似在人间。　转朱阁,低绮户,照无眠。不应有恨,何事长向别时圆?人有悲欢离合,月有阴晴圆缺,此事古难全。但愿人长久,千里共婵娟!"

稼轩《贺新郎》词"送茂嘉十二弟"①，章法绝妙。且语语有境界，此能品而几于神者②。然非有意为之，故后人不能学也。

①毛晋刻本《稼轩词》卷一，《贺新郎·别茂嘉十二弟》云："绿树听鹈鴂，更那堪、鹧鸪声住，杜鹃声切。啼到春归无寻处，苦恨芳菲都歇。算未抵、人间离别。马上琵琶关塞黑，更长门翠辇辞金阙。看燕燕，送归妾。　　将军百战身名裂。向河梁、回头万里，故人长绝。易水萧萧西风冷，满座衣冠似雪。正壮士、悲歌未彻。啼鸟还知如许恨，料不啼清泪长啼血。谁共我，醉明月！"

②梁任公云："稼轩善用回荡的表情法，此首却出之以堆垒式。"

稼轩《贺新郎》词,"柳暗凌波路。送春归,猛风暴雨,一番新绿。"又《定风波》词,"从此酒酣明月夜耳热","绿""热"二字皆作上去用,与韩玉《东浦词·贺新郎》,以"玉""曲"叶"注""女",《卜算子》以"夜""谢"叶"食""月",已开北曲四声通押之祖。①

①谢章铤《词话续编》一云:"词之三声互叶,非创自词也。虞廷赓歌已以熙韵喜起矣。"就词而言,则友人夏瞿禅云:"《云谣集·渔歌子》'悄''寞''祷''少',三声相叶,为最先见之例。又《乐府雅词·九张机》'机''理''寐''白''碧''色'相叶。又此例金道人词最多。"

谭复堂《箧中词》选，谓蒋鹿潭《水云楼词》，与成容若、项莲生，二百年间，分鼎三足①。然《水云楼词》，小令颇有境界，长调惟存气格。《忆云词》精实有余，超逸不足。皆不足与容若比。然视皋文、止庵②辈，则倜乎远矣。

①谭献《箧中词》卷五云："文字无大小，必有正变，必有家数，《水云楼词》固清商变徵之声，而流别甚正，家数颇大，与成容若、项莲生二百年中，三分鼎足。咸丰兵事，天挺此才，为倚声家老杜，而晚唐两宋一唱三叹之意，则已微矣。"吴梅《词学通论》驳之曰："余谓复堂以鹿潭得流别之正，此言极是。惟以成、项二君并论，则鄙意殊不谓然。成、项皆以聪明胜人，乌能与《水云》比拟？且复堂既以杜老比《水云》，试问成、项可当青莲、东川欤。此盖偏宕之论也。"按纳兰性德原名成德，字容若，满洲正白旗人。有《饮水词》三卷。项鸿祚，字莲生，钱塘人，有《忆云词》四卷。蒋春霖，字鹿潭，江阴人，有《水云楼词》二卷。录纳兰、项、蒋诸词以资参证。

浣溪沙·古北口
成德

杨柳千条送马蹄，北来征雁旧南飞，客中谁与换春衣。

终古闲情归落照，一春幽梦逐游丝，信回刚道别多时。

阮郎归·吴门寄家书
项鸿祚

阊间城下漏声残，别愁千万端。蜀笺书字报平安，烛花和泪弹。

无一语，只加餐，病时须自宽。早梅庭院夜深寒，月中休倚阑。

卜算子
蒋春霖

燕子不曾来，小院阴阴雨。一角阑干聚落花，此是春归处。

弹泪别东风，把酒浇飞絮。化了浮萍也是愁，莫向天涯去。

木兰花慢·江行晚过北固山
蒋春霖

泊秦淮雨霁，又灯火，送归船。正树拥云昏，星垂野阔，暝色浮天。芦边，夜潮骤起，晕波心月影荡江圆。梦醒谁歌《楚些》，泠泠霜激哀弦。

婵娟，不语对愁眠，往事恨难捐。看莽莽南徐，苍苍北固，如此山川。钩连，更无铁锁，任排空樯橹自回旋。寂寞鱼龙睡稳,伤心付与秋烟。

②张惠言,字皋文,有《茗柯词》。弟琦,字翰风,有《立山词》。周济,字保绪,一字介存,号未斋,晚号止庵,有《止庵词》。谭献云:"宛邻(张琦)止庵(周济)一流,学人之词。"

词家时代之说，盛于国初，竹垞谓："词至北宋而大，至南宋而深。"①后此词人，群奉其说。然其中亦非无具眼者。周保绪曰："南宋下不犯北宋拙率之病，高不到北宋浑涵之诣。②"又曰："北宋词多就景叙情，故珠圆玉润，四照玲珑，至稼轩、白石，一变而为即事叙景，使深者反浅，曲者反直。③"潘四农德舆曰："词滥觞于唐，畅于五代，而意格之闳深曲挚，则莫盛于北宋。词之有北宋，犹诗之有盛唐，至南宋则稍衰矣。④"刘融斋熙载曰："北宋词用密亦疏，用隐亦亮，用沈亦快，用细亦阔，用精亦浑，南宋只是掉转过来。⑤"可知此事自有公论，虽止庵词颇浅薄，潘刘尤甚，然甚推尊北宋，则与明季云间诸公同一卓识也。⑥

①说见朱竹垞彝尊所著《词综》。
②周保绪济《介存斋论词杂著》云："初学词求空，空则灵气往来。既成格调求实，实则精力弥满。初学词求有寄托，有寄托则表里相宜，斐然成章。既成格调，求无寄托，无寄托则指事类情，仁者见仁，智者见智。北宋词下者在南宋下，以其不能空，且不知寄托也。南宋则下不犯北宋拙率之病，高不到北宋浑涵之诣。"
③见同上。
④潘德舆，字彦辅，一字四农。清道光举人，著有《养一斋诗文集》。《箧中词》卷三录潘词，后附评语云："四农大令

《与叶生书》略曰：'张氏《词选》，抗志希古，标高揭己，宏音雅调，多被排摈。五代北宋有自昔传诵非徒只句之警者，张氏亦多恝然置之。窃谓词滥觞于唐，畅于五代，而意格之闳深曲挚，则莫盛于北宋，词之有北宋，犹诗之有盛唐，至南宋则稍衰矣。'云云。张氏之后，首发难端，亦可谓言之有故。然不求立言宗旨，而以迹论，则亦何异明中叶诗人之侈口盛唐邪？宜《养一斋词》平钝浅狭，不足登大雅之堂也。然其针砭张氏，亦是诤友。"

⑤见刘氏所著《艺概·词曲概》。

⑥王士祯《花草蒙拾》云："云间数公，论诗持格律，崇神韵，然拘于方幅，泥于时代，不免为识者所少。其于词亦不欲涉南宋一笔，佳处在此，短处亦在此。"

唐五代、北宋之词，可谓"生香真色"①。若云间诸公，则彩花耳②。湘真③且然，况其次焉者乎。

①王士禛《花草蒙拾》云："生香真色人难学，为'丹青女易描，真色人难学'所从出。千古诗文之诀，尽此七字。"

②云间诸公指陈子龙等。《花草蒙拾》云："近日云间作者论词，有云，五季有唐风，入宋便开元曲。故专意小令，冀复古音，屏去宋调，庶防流失。仆谓此论虽高，殊属孟浪。"又云，"云间数公于词亦不欲涉南宋一笔，佳处在此，短处亦在此。"

③明末陈子龙，字卧子，有《湘真阁词》。《花草蒙拾》云："《湘真词》首尾温丽，然不善学者，镂金雕琼，正如土木被文绣耳。"

《衍波词》①之佳者，颇似贺方回②。虽不及容若③，要在浙中诸子④之上。近人词如复堂词之深婉⑤，彊村词之隐秀⑥，皆在半塘老人⑦上。彊村学梦窗⑧而情味较梦窗反胜，盖有临川庐陵之高华，而济以白石之疏越者⑨。学人之词，斯为极则。然古人自然神妙处，尚未见及。

①邹祗谟《远志斋词衷》："金粟云：'阮亭《衍波》一集，体备唐宋，珍逾琳琅，美非一族，目不给赏。如春去秋来二阕，以及射生归晚，雪暗盘雕，屈子《离骚》，史公《货殖》等语，非稼轩之托兴乎。《扬子江上》之风高雁断，《蜀冈眺望》之乱柳栖鸦，非坡公之吊古乎。《咏镜》之一泓春水碧如烟，《赠雁》之水碧沙明，参横月落，远向潇湘去，非梅溪、白石之赋物乎。楚篁凉生，孤睡何曾着，借锦水桃花笺色，合鲛泪和入隃糜，小字重封，非清真、淮海之言情乎。约而言之：其工致而绮靡者，《花间》之致语也。其婉变而流动者，《草堂》之丽字也。洵乎排黄轶秦，凌周驾柳，尽态穷姿，色飞魂断矣。'"《远志斋词衷》又引唐祖命《序衍波词》云："极哀艳之深情，穷倩盼之逸趣，其旖旎而秾丽者，则璟、煜、清照之遗也。其芊绵而俊赏者，则淮海、屯田之匹也。"

②贺铸《青玉案》云："凌波不过横塘路，但目送、芳尘去。锦瑟年华谁与度？月桥花榭，琐窗朱户，惟有春知处。

碧云冉冉蘅皋暮,彩笔新题断肠句。试问闲愁都几许?一川烟草,满城风絮,梅子黄时雨。"王士禛《点绛唇·春词》云:"水满春塘,柳绵又蘸黄金缕。燕儿来去,几阵梨花雨。情似黄丝,历乱难成绪。凝眸处,白蘋红树,不见西洲路!"二词皆融景入情,丰神独绝。

③《白雨斋词话》卷六云:"容若《饮水词》,才力不足,合者得五代人凄婉之意。余最爱其《临江仙·寒柳》云:'疏疏一树五更寒,爱他明月好,憔悴也相关!'言中有物,几令人感激涕零。容若词亦以此篇为压卷。"

④《莲子居词话》卷三云:"吾浙词派三家:羡门(彭孙遹)有才子气,于北宋中最近小山、少游、耆卿诸公,格韵独绝。竹垞(朱彝尊)有名士气,渊雅深稳,字句密致。自明季左道言词,先生标举准绳,起衰振聋,厥功良伟。樊榭(厉鹗)有幽人气,惟冷故峭,由生得新,当其沉思独往,逸兴遄飞,自成情理之高,无预搜讨之末。"

⑤谭献自书《复堂词》首云:"周美成云:'流潦妨车毂。'又云:'衣润费炉烟。'辛幼安云:'不知筋力衰多少,只觉新来懒上楼。'填词者试于此消息之。"则其词蕲向可知。王氏下文并举其《蝶恋花》中句,为寄兴深微之例。

⑥朱祖谋,原名孝臧,自号上彊村民。刘子庚先生《词史》特举其《天门谣词》。词曰:"交径新阴小,试吟袖剩寒犹峭。人意好,为当楼残照。　奈芳事轻随春去早,满路香尘酥雨少,随处到,恨罗袜不如芳草。"又王氏下文举其《浣溪沙》二阕,《注》全录其词,可参。

⑦王鹏运字幼霞，一字佑遐，中年自号半塘老人。其肆力于词，在朱彊村先，而境诣转逊。惟朱彊村为《半塘定稿》作序，则盛称之云："君词导源碧山，复历稼轩、梦窗，以还清真之浑化；与周止庵氏，契若针芥。"

⑧按王半塘尝与朱彊村约校《梦窗四稿》，其蕲向可知。

⑨按高华谓其响高。疏越谓其余韵。兼济之者，则有激朗之音，复饶倡叹之情也。检王安石《临川先生文集》卷三十七"歌曲"《桂枝香》云："登高送目，正故国晚秋，天气初肃。千里澄江似练，翠峰如簇。归帆去棹残阳里，背西风酒旗斜矗。彩舟云淡，星河鹭起，画图难足。　念往昔繁华竞逐，叹门外楼头，悲恨相续。千古凭高，对此漫嗟荣辱。六朝旧事随流水，但寒烟芳草凝绿。至今商女，时时犹歌《后庭》遗曲。"此词彊村选入《宋词三百首》中。欧阳修词如《踏莎行》《蝶恋花》等阕，均载入上卷《注》中。彊村《宋词三百首》，于此诸阕，亦并入录。姜夔词如《点绛唇》《踏莎行》《念奴娇》《暗香》《疏影》《翠楼吟》等阕，彊村既并选取，上卷《注》中，亦均载之。

宋尚木《蝶恋花》"新样罗衣浑弃却，犹寻旧日春衫着！[①]"谭复堂《蝶恋花》"连理枝头侬与汝，千花百草从渠许。[②]"可谓寄兴深微。

①按明末宋徵璧原名存楠，字尚木，松江华亭人。又有宋徵舆，亦松江华亭人，字直方，一字辕文，顺治进士，官至副都御史，为诸生时，与陈子龙、李雯倡几社。谭献《箧中词》今集卷一，兼收二宋之词。惟此阕《蝶恋花》词，乃徵舆之作，王氏误作徵璧，应订正。全词云："宝枕轻风秋梦薄，红敛双蛾，颠倒垂金雀。新样罗衣浑弃却，犹寻旧日春衫着！　偏是断肠花不落。人苦伤心，镜里颜非昨。曾误当初青女约，只今霜夜思量着！"谭献评云："悱恻忠厚！"

②按谭献《箧中词》附刻己作《复堂词·蝶恋花》第四首全词云："帐里迷离香似雾。不烬炉灰，酒醒闻余语。连理枝头侬与汝，千花百草从渠许！　莲子青青心独苦，一唱将离，日日风兼雨。豆蔻香残杨柳暮，当时人面无寻处！"

《半塘丁稿》中,和冯正中《鹊踏枝》十阕,乃鹜翁词之最精者。"望远愁多休纵目"等阕,郁伊惝悦,令人不能为怀,定稿只存六阕①,殊未为允也。

①王鹏运《鹊踏枝·序》云:"冯中正《鹊踏枝》十四阕,郁伊惝悦,义兼比兴,蒙嗜诵焉。春日端居,依次层和,忆云生(项鸿祚)云:'不为无益之事,何以遣有涯之生?'三复前言,我怀如揭矣!"定稿所存六阕词如下:

落蕊残阳红片片,懊恨比邻,尽日流莺转。似雪杨花吹又散,东风无力将春限。　慵把香罗裁便面,换到轻衫,欢意垂垂浅。襟上泪痕犹隐见,笛声催按《梁州遍》。

斜日危阑凝伫久。问讯花枝,可是年时旧!浓睡朝朝如中酒,谁怜梦里人消瘦!　香阁帘栊烟阁柳,片霎氤氲,不信寻常有。休遣歌筵回舞袖,好怀珍重春三后!

风荡春云罗样薄,难得轻阴,芳事休闲却。几日啼鹃花又落,绿笺莫忘深深约!　老去吟情浑寂寞,细雨檐花,空忆灯前酌。隔院玉箫声乍作,眼前何物供哀乐!

漫说目成心便许,无据杨花,风里频来去。怅望朱楼难寄语,伤春谁念司勋误! 枉把游丝牵弱缕,几片闲云,断却相思路。锦帐珠帘歌舞处,旧欢新恨思量否?

谁遣春韶随水去?醉倒芳尊,忘却朝和暮。换尽大堤芳草路,倡条都是相思树。 蜡烛有心灯解语,泪尽唇焦,此恨消沉否?坐对东风怜弱絮,萍飘后日知何处!

几见花飞能上树,难系流光,枉费垂杨缕。等雁斜飞排锦柱,只伊不解将春去。 漫诩心情黏地絮,容易飘扬,那不惊风雨?倚遍阑干谁与语?思量有恨无人处。

固哉皋文之为词也，飞卿《菩萨蛮》，永叔《蝶恋花》，子瞻《卜算子》，皆兴到之作，有何命意，皆被皋文深文罗织[①]。阮亭《花草蒙拾》谓："坡公命宫磨蝎，生前为王珪舒亶辈所苦，身后又硬受此差排[②]。"由今观之：受差排者，独一坡公已耶。

①张皋文惠言《词选》卷一，载飞卿《菩萨蛮》十四首，其第一首云："小山重叠金明灭，鬓云欲度香腮雪。懒起画蛾眉，弄妆梳洗迟！　　照花前后镜，花面交相映。新帖绣罗襦，双双金鹧鸪。"皋文云："此感士不遇也。篇法仿佛《长门赋》。'照花'四句，《离骚》'初服'之意。"（按《离骚》云："进不入以离尤兮，退将复修吾初服。"）欧阳永叔《蝶恋花》词，见卷上。皋文云："'庭院深深'，闺中既以邃远也。'楼高不见'，哲王又不寤也（按以上以永叔词与《离骚》各句相比附）。'章台游冶'，小人之径。'雨横风狂'，政令暴急也。'乱红飞去'，斥逐者非一人而已。殆为韩（琦）范（仲淹）作乎。"苏子瞻《卜算子》云："缺月挂疏桐，漏断人初静。谁见幽人独往来，缥缈孤鸿影。　　惊起却回头，有恨无人省。拣尽寒枝不肯栖，寂寞沙洲冷。"皋文云："此东坡在黄州作。鲖阳居士云：'缺月，刺明微也。漏断，暗时也。幽人，不得志也。独往来，无助也。惊鸿，贤人不安也。回头，爱君不忘也。无人省，君不察也。拣尽寒枝不肯栖，不偷安于高位也。寂寞沙洲冷，非所

安也。此词与《考槃》诗极相似。'"以上皆皋文踬《小序》解《诗》王叔师注《楚辞》之谊而以说词者,附会穿凿,莫此为甚。

②王士禛《花草蒙拾》斥①条所载铜阳居士之说,谓:"村夫子强作解事,令人欲呕!仆尝戏谓坡公命宫磨蝎,湖州诗案,生前为王珪舒亶辈所苦,身后又硬受此差排耶。"

贺黄公①谓:"姜论史词,不称其'软语商量',而称其'柳昏花暝'②,固知不免项羽学兵法之恨。"然"柳昏花暝",自是欧、秦辈句法,前后有画工化工之殊。吾从白石,不能附和黄公矣。

①贺黄公裳,有《皱水轩词筌》载此说。
②史达祖(字邦卿,号梅溪)《双双燕·咏燕》云:"过春社了,度帘幕中间,去年尘冷。差池欲往,试入旧巢相并。远相雕梁藻井,又软语商量不定。飘然快拂花梢,翠尾分开红影。　芳径,芹泥雨润。爱贴地争飞,竞夸清俊。红楼归晚,看足柳昏花暝,应自栖香正稳,便忘了天涯芳信。愁损翠黛双蛾,日日画栏独凭。"

"池塘春草谢家春①,万古千秋五字新!传语闭门陈正字②,可怜无补费精神!"此遗山《论诗绝句》也③。梦窗、玉田辈,当不乐闻此语。

①谢灵运《登池上楼》诗,有"池塘生春草"之句。
②陈正字即陈师道无已。当时有"闭门觅句陈无已"之诮。
③元好问遗山《论诗》三十余首,此其一也。

朱子《清邃阁论诗》，谓："古人有句，今人诗更无句，只是一直说将去，这般一日作百首也得！"余谓北宋之词有句，南宋以后便无句。如玉田草窗之词，所谓"一日作百首也得"者也。

朱子谓梅圣俞诗，不是平淡，乃是枯槁，余谓草窗、玉田之词亦然。

"自怜诗酒瘦，难应接，许多春色。①""能几番游，看花又是明年。②"此等语亦算警句耶，乃值如许笔力。

①史达祖《喜迁莺·元夕》云："月波疑滴，望玉壶天近，了无尘隔。翠眼圈花，冰丝织练，黄道宝光相直。自怜诗酒瘦，难应接，许多春色。最无赖，是随香趁烛，曾伴狂客。　踪迹，漫记忆，老了杜郎，忍听东风笛。柳院灯疏，梅厅雪在，谁与细倾春碧。旧情拘未定，犹自学，当年游历。怕万一，误玉人夜寒帘隙。"

②友人夏瞿禅云："见张炎《高阳台·西湖春感》词。"词云："接叶巢莺，平波卷絮，断桥斜日归船。能几番游，看花又是明年。东风且伴蔷薇住，到蔷薇、春已堪怜，更凄然。万绿西泠，一抹荒烟。　当年燕子知何处，但苔深韦曲，草暗斜川。见说新愁，如今也到鸥边。无心再续笙歌梦，掩重门、浅醉闲眠。莫开帘，怕见飞花，怕听啼鹃。"

文文山词^①，风骨甚高，亦有境界。远在圣与、叔夏、公谨^②诸公之上。亦如明初诚意伯词^③，非季迪、孟载^④诸人所敢望也。

①《艺概》云："文文山词，有'风雨如晦，鸡鸣不已'之意，不知者以为变声，其实乃变之正也。故词当合其人之境地观之。"

②王沂孙，字圣与。张玉田，字叔夏。周密，字公谨。

③《莲子居词话》卷三，载《摸鱼儿·金陵秋夜》云："正凄凉、月明孤馆，那堪征雁嘹唳。不知衰鬓能多少，还共柳丝同脆。朱户闭，有瑟瑟萧萧，落叶鸣莎砌。断魂不系，又何必殷勤，啼螀络纬，相伴夜迢递。　　樵渔事，天也和人较计，虚名枉误身世。流年滚滚长江逝，回首碧云无际。空引睇，但满眼芙蓉黄菊伤心丽。风吹露洗，寂寞旧南朝，凭阑怀古，零泪在衣袂。"

④高启，字季迪。杨基，字孟载。

和凝《长命女》词:"天欲晓,宫漏穿花声缭绕,窗里星光少。冷霞寒侵帐额,残月光沈树杪。梦里锦帷空悄悄,强起愁眉小。[①]"此词前半,不减夏英公《喜迁莺》也[②]。

①检王国维辑本晋和凝《红叶稿》,载此词,题作"薄命女","长"字误。
②夏竦《喜迁莺》词已见卷上。

宋李希声《诗话》曰："唐人作诗，正以风调高古为主。虽意远语疏，皆为佳作。后人有切近的当，气格凡下者，终使人可憎。"余谓北宋词亦不妨疏远，若梅溪以降，正所谓"切近的当，气格凡下"者也①。

①按王氏以为北宋词运语疏远，而意境高超。南宋以降，构词虽精，而未脱凡俗。此论当有所见。至贬薄梅溪，则亦随评论家主观之见，难以强同。陈廷焯《白雨斋词话》卷二，尝举梅溪词云："如'碧袖一声歌，石城怨，西风随去。沧波荡晚，菰蒲弄秋，还重到，断魂处。'沈郁之至。又'三年梦冷，孤吟意短，屡烟钟津鼓。屐齿厌登临，移橙后，几番凉雨。'亦居然美成复生。"又《临江仙》结句云："'枉教装得旧时多。向来箫鼓地，曾见柳婆娑。'慷慨生哀，极悲极郁。"盖求梅溪之佳制，而推崇颇至。惟张镃以为梅溪过柳耆卿而并周邦彦贺铸，则廷焯亦认为太过，故评骘南宋词人次第云："以白石、碧山为冠，梅溪次之，梦窗、玉田又次之，西麓又次之，草窗又次之，竹屋又次之，竹山虽不论可也。"

自竹垞痛贬《草堂诗馀》，而推《绝妙好词》①，后人群附和之。不知《草堂》虽有亵诨之作②，然佳词恒得十之六七③。《绝妙好词》则除张、范、辛、刘④诸家外，十之八九，皆极无聊赖之词。古人云："小好小惭，大好大惭。⑤"询非虚语。

　　①朱彝尊《曝书亭文集》云："词人之作，自《草堂诗馀》盛行，屏去激楚阳阿，而巴人之唱齐进矣。周公谨《绝妙好词》选本，中多俊语，方诸《草堂》所录，雅俗殊分"。《白雨斋词话》卷八云："《花间》《草堂》《尊前》诸选，背谬不可言矣，所宝在此，词欲不衰，得乎。"《四库提要》云："周密所编南宋歌词，始于张孝祥，终于仇远，凡一百三十二家，去取谨严，犹在曾慥《乐府雅词》、黄昇《花庵词选》之上。又宋人词集，今多不传，并作者姓名，亦不尽见于世，零玑碎玉，皆赖此以存。于词选中最为善本。"按朱氏、纪氏均不及《绝妙好词》著书之背景，宋翔凤《乐府余论》云："南宋词人系情旧京，凡言归路、言家山、言故国，皆恨中原隔绝。此周公谨氏《绝妙好词》所由选也。公谨生宋之末造，见韩侂胄函首，知恢复非易言，故所选以张于湖为首。以于湖不附和议，而早知恢复之难，不似辛稼轩辈率意轻言，后复自悔也。"由是言之：《绝妙好词》所选，实函有真挚之民族意识。非同《草堂》一集，徒为征歌而设也。

②《四库提要》云:"《草堂诗馀》,乃南宋坊贾所编。"(见《竹斋诗馀提要》)宋翔凤《乐府余论》云:"《草堂》一集,盖以征歌而设。故别题春景夏景等名,使随时即景,歌以娱客。题吉席庆寿,更是此意。其中词语,间与集本不同。其不同者恒半俗,亦以便歌。以文人观之,适当一笑;而当时歌伎,则必须此也。"

③《四库提要》云:"朱彝尊作《词综》,称《草堂》选词,可谓无目。其诟之甚至。今观所录,虽未免杂而不纯,不及《花间》诸集之精善,然利钝互陈,瑕瑜不掩,名章俊句,亦错出其间,一概诋排,亦未为公论。"

④张孝祥、范成大、辛弃疾、刘过。

⑤韩愈《与冯宿论文书》:"时时应事作俗下文字,下笔令人惭!及示人则以为好。小惭者亦蒙谓之小好,大惭者即必以为大好矣。"

梅溪、梦窗、玉田①**、草窗**②**、西麓**③**诸家**,词虽不同,然同失之肤浅,虽时代使然,亦其才分有限也。近人弃周鼎而宝康瓠,实难索解。

①周济《宋四家词选目录序论》云:"玉田才本不高,专恃磨砻雕琢。装头作脚,处处妥当。后人翕然宗之。"

②同上云:"草窗镂冰刻楮,精妙绝伦。但立意不高,取韵不远。当与玉田抗行,未可方驾王吴也。"

③《白雨斋词话》卷二云:"陈西麓词,在中仙、梦窗之间,沈郁不及碧山,而时有清超处。超逸不及梦窗,而婉雅犹过之。"

余友沈昕伯纮自巴黎寄余《蝶恋花》一阕云:"帘外东风随燕到,春色东来,循我来时道。一霎围场生绿草,归迟却怨春来早。锦绣一城春水绕,庭院笙歌,行乐多年少。著意来开孤客抱,不如名字闲花鸟。"此词当在晏氏父子间①,南宋人不能道也。

①周济《宋四家词选目录序论》云:"晏氏父子,仍步温韦,小晏精力尤胜。"

"君王枉把平陈业，换得雷塘数亩田。[1]"政治家之言也[2]。"长陵亦是闲丘陇，异日谁知与仲多！[3]"诗人之言也[4]。政治家之眼，域于一人一事；诗人之眼，则通古今而观之。词人观物，须用诗人之眼，不可用政治家之眼，故感事怀古等作，当与寿词同为词家所禁也。

　　[1]检罗隐《炀帝陵诗》，原作"君王忍把平陈业，只换（一作博）雷塘数亩田！"王氏所引，误记一二字，应勘正。魏徵《隋书·炀帝纪》云："化及葬炀帝吴公台下，大唐平江南之后，改葬雷塘。"

　　[2]诗盖悼炀帝平陈大业，不能久保，仅留区区葬身之所。此意自专吊炀帝一人之得失，不得移之于古今任何人也。

　　[3]唐彦谦仲山诗，有长陵二句。《汉书·高帝纪》云："上奉玉卮为太上皇寿，曰：'始大人常以臣无赖，不能治产业，不如仲力。今某之业所就，孰与仲多？'"

　　[4]诗意谓由殁后论之，则汉高亦何殊于其弟，同荒没于丘陇而已。凭吊一人，而古今无数人，无不可同此感慨，此之谓诗人造情之伟大。

宋人小说，多不足信。如《雪舟脞语》①，谓：台州知府唐仲友眷官伎严蕊奴，朱晦庵系治之。及晦庵移去，提刑岳霖行部，至台，蕊乞自便，岳问曰：去将安归？蕊赋《卜算子》词云："住也如何住"云云。案此词系仲友戚高宣教作，使蕊歌以侑觞者。见朱子《纠唐仲友奏牍》②。则《齐东野语》所纪朱唐公案③，恐亦未可信也。

①《说郛》卷五十七，宋末邵桂子《雪舟脞语》云："唐悦斋仲友，字与政，知台州，朱晦庵为浙东提举，数不相得，至于互申。寿皇问宰执二人曲直，对曰：秀才争闲气耳。悦斋眷官妓严蕊奴，晦庵捕送囹圄，提刑岳商卿霖行部疏决，蕊奴乞自便，宪使问去将安归？蕊奴赋《卜算子》末云：'住也如何住，去也终须去，但得山花插满头，莫问奴归处。'宪笑而释之。"

②涂刻《朱子大全》卷十八，《按唐仲友第三状》云："仲友自到任以来，宠爱弟妓。严蕊稍以色称，仲友与之嫖狎，虽在公庭，全无顾忌，公然与之落籍，令表弟高宣教以公库轿乘钱物津发归婺州。"又卷十九《按唐仲友第四状》云："五月十六日筵会，仲友亲戚高宣教撰曲一首，名《卜算子》，后一段云：'去又如何去，住又如何住，但得山花插满头，休问奴归处。'"

③周密《齐东野语》卷十七"朱唐交奏本末"条云:"朱晦庵按唐仲友事,或云吕伯恭尝与仲友同书会,有隙,朱主吕,故抑唐。是不然也。盖唐平时恃才轻晦庵,而陈同甫颇为朱所进,与唐每不相下,同甫游台,尝狎籍妓,嘱唐为脱籍,许之。偶郡集,唐语妓云:汝果欲从陈官人耶?妓谢。唐云:汝须能忍饥受冻,乃可。妓闻大恚,自是陈至妓家,无复前之奉承矣。陈知为唐所卖,亟往见朱,朱问近日小唐云何?答曰:唐谓公尚不识字,如何作监司。朱衔之,遂以部内有冤狱,乞再巡按。既至台,适唐出迎少稽,朱益以陈言为信,立索郡印,付以次官,乃摭唐罪具奏,而唐亦作奏驰上。时唐乡相王淮当轴,既进呈,上问王,王奏:此秀才争闲气耳。遂两平其事。详见周平园、王季海日记,而朱门诸贤所著《年谱·道统录》乃以季海右唐而并斥之,非公论也。其说闻之陈伯玉式卿,盖亲得之婺之诸吕云。"

《沧浪》《凤兮》二歌，已开《楚辞》体格[①]。然《楚辞》之最工者，推屈原、宋玉，而后此之王褒、刘向之词不与焉[②]。五古之最工者，实推阮嗣宗、左太冲、郭景纯、陶渊明，而前此曹、刘，后此陈子昂、李太白不与焉[③]。词之最工者，实推后主、正中、永叔、少游、美成，而后此南宋诸公不与焉。

[①]《孟子》载《沧浪之歌》曰："沧浪之水清兮，可以濯我缨；沧浪之水浊兮，可以濯我足。"《论语》载楚狂接舆之歌曰："凤兮凤兮，何德之衰！"二歌皆有兮字，用南方稽留语也。

[②] 王逸本《楚辞》，收王褒《九怀》，刘向《九叹》，大抵皆摹拟原、玉《九章》《九辨》之作。

[③] 王氏之意，盖以曹植、刘桢之五古，尚系初创之制；阮、陶、左、郭，各放奇彩，为五古诗之最烂盛者；陈、李之于五古，亦犹向、褒之于《楚辞》，皆不足与原制争先。

唐、五代之词，有句而无篇；南宋名家之词，有篇而无句。有篇有句，唯李后主降宋后之作①，及永叔、子瞻、少游、美成、稼轩数人而已②。

①如《虞美人》《望江南》《浪淘沙令》等首皆是。
②《词源》卷下句法条，举东坡《杨花词》云："似花还似非花，也无人惜从教坠。"又云："春色三分，二分尘土，一分流水。"又举美成《风流子》云："凤阁绣帏深几许，听得理丝簧。"以为皆平易中有句法。惟不及欧、秦、稼轩。

读《会真记》者，恶张生之薄幸，而恕其奸非；读《水浒传》者，恕宋江之横暴，而责其深险；此人人之所同也。故艳词可作，唯万不可作儇薄语。龚定庵诗云："偶赋《凌云》偶倦飞，偶然闲慕遂初衣。偶逢锦瑟佳人问，便说寻春为汝归。"其人之凉薄无行，跃然纸墨间。余辈读耆卿、伯可词，亦有此感①。视永叔、希文小词何如耶？

词人之忠实②，不独对人事宜然，即对一草一木，亦须有忠实之意。否则所谓游词③也。

①《词源》卷下云："词欲雅而正，志之所之，一为情所役，则失其雅正之音。耆卿、伯可（康与之）不必论，虽美成亦有所不免。"

②《白雨斋词话》卷八云："无论诗古文词，推到极处，总以一诚为主。杜诗韩文，所以大过人者在此。求之于词，其惟碧山乎。明乎此则无聊之酬应，与无病之呻吟，皆可不作矣。"

③金应珪《词选后序》云："规模物类，依托歌舞，哀乐不衷其性，虑叹无与乎情。连章累篇，义不出乎花鸟；感物指事，理不外乎酬应。虽既雅而不艳，斯有句而无章。是谓游词。"

读《花间》《尊前集》，令人回想徐陵《玉台新咏》[1]；读《草堂诗馀》令人回想韦縠《才调集》[2]；读朱竹垞《词综》，张皋文、董子远《词选》，令人回想沈德潜《三朝诗别裁集》[3]。

[1]《花间集》十卷，后蜀赵崇祚编。《尊前集》二卷（朱祖谋校辑本《尊前集》不分卷），不著编辑者名氏。纪昀谓：就词论词，《尊前》不失为《花间》之骖乘。盖二书实相类也。王士禛《花草蒙拾》云："《花间》字法最著意设色，异纹细艳，非后人纂组所及。如'泪沾红袖黦''犹结同心苣''豆蔻花间趂晚日''画梁尘黦''洞庭波浪飐晴天'，山谷所谓古蕃锦者，其殆是耶。"又云："或问《花间》之妙？曰：'蹙金结绣而无痕迹。'"按《花间》首登温庭筠，以为鼻祖。《尊前》则取唐明皇《好时光》，以冠其编。二书所录，并多绮罗脂粉之词，亦犹徐陵《玉台新咏》之于诗也。《四库提要》引刘肃《大唐新语》云："梁简文为太子，好作艳诗，境内化之，晚年欲改作，追之不及，乃令徐陵为《玉台集》，以大其体。"此即后人所谓"玉台体"，以目淫艳之词者也。

[2]《类编草堂诗馀》四卷，旧传南宋人编。其书取流俗易解，实为歌伎而设，已见前引宋翔凤之论矣。王士禛《花草蒙拾》云："或问《草堂》之妙，曰：'采采流水，蓬蓬远春。'"是则阮亭以纤秾目《草堂》一书也。蜀韦縠编《才调集》十

卷，纪昀谓其所选取法晚唐，以秾丽宏敞为宗。合阮亭、晓岚二家之说观之，则词有《草堂》，亦同诗有《才调》矣。

③朱彝尊编《词综》三十四卷，汪森为之增定。彝尊谓论词必出于雅正；故推重宋曾慥之《乐府雅词》，以《雅词》尽去谐谑及当时艳曲，具有风旨，非靡靡之音可比，为足尚也。张皋文《词选》及其外孙董毅子远《续词选》均以《风》《骚》之义，裁量诗余。即《词选》后郑善长所附录诸家词，陈廷焯亦称其大旨皆不悖于《风》《骚》(《白雨斋词话》卷六)，是均存雅正之旨者。沈德潜崇奉温柔敦厚之诗教，别裁伪体，故有唐明清《三朝诗别裁集》之选，与朱张选词，如出一辙。

明季国初诸老之论词，大似袁简斋之论诗，其失也纤小而轻薄[①]。竹垞以降之论词者大似沈归愚，其失也枯槁而庸陋[②]。

[①]如邹祗谟《远志斋词衷》取柴绍炳"华亭肠断，宋玉魂消"之语，以为论词神到，贺裳《皱水轩词筌》称誉廖莹中《个侬词》，皆略近袁枚《随园诗话》所论。

[②]按继朱彝尊竹垞《词综》而起者，如御选《历代诗馀》、张惠言《词选》等，均本尚雅黜浮之旨，以张声教。与沈德潜归愚之各朝诗《别裁集》旨意相近。

东坡之旷在神①，**白石之旷在貌**②。白石如王衍口不言阿堵物，而暗中为营三窟之计，此其所以可鄙也。

①俞彦《爰园词话》云："子瞻词，无一语着人间烟火，此自大罗天上一种，不必与少游、易安辈较量体裁也。"
②周济《介存斋论词杂著》云："白石放旷，故情浅。"

蕙风词小令似叔原①,长调亦在清真、梅溪间,而沈痛过之②。彊村虽富丽精工,犹逊其真挚也。天以百凶成就一词人,果何为哉③。

①晏几道叔原有《小山词》,其词曲折深婉,浅处皆深。举其《临江仙》云:"梦后楼台高锁,酒醒帘幕低垂。去年春恨却来时,落花人独立,微雨燕双飞。　记得小蘋初见,两重心字罗衣。琵琶弦上说相思,当时明月在,曾照彩云归。"况周颐夔笙(晚号蕙风词隐)亦有《临江仙》词云:"杨柳楼台花世界,嘶骢只在铜街。金荃兰畹惜荒莱。无多双鬓绿,禁得几徘徊?　暖不成晴寒又雨,昏昏过却黄梅。愁边万一损风怀。雁筝犹有字,蜡炬未成灰。"叔原《浣溪沙》云:"日日双眉斗画长,行云飞絮共轻狂,不将心嫁冶游郎。　溅酒滴残歌扇字,弄花薰得舞衣香,一春弹泪说凄凉!"蕙风亦有《浣溪沙·绿叶成阴,苦忆阊门杨柳》云:"翠袖单寒亦自伤,何曾花里并鸳鸯?只拚陌路属萧郎。　黄绢竟成碑上字,红绵谁见被中装?可曾将恨付斜阳?"似皆略足相拟。

②赵尊岳《蕙风词史》云:"先生初为词,以颖悟好为侧艳语,遂把臂南宋竹山、梅溪之林。自佑遐进以重大之说,乃渐就为白石,为美成,以抵于大成。"其长调沈痛过于周邦彦清真、史达祖梅溪者,例如《南浦·春草》云:"南浦黯销魂,共春波,误入江郎《愁赋》。金谷悄和烟,王孙去,犹自萋萋

无数。愁苗艳种，夕阳消尽成今古。依样东风依样绿，人老翠云深处。凭阑无限芳菲，待轻阴薄暝。殷勤乞与，生意重低回。长亭路，争忍玉骢轻去。春心似海，算来谁识红心苦？何况深深深径曲，犹有抱香蘅杜。"谭献评之曰："字字《离骚》屈宋心！"周、史皆各有《南浦词》，均无沈痛语。周词云："浅带一帆风，向晚来，扁舟隐下南浦。迢递阻潇湘，衡皋迥，斜舣蕙兰汀渚，危樯影里，断云点点遥天暮！菡萏里，风偷送，清香时时微度。　吾家旧有簪缨，甚顿作天涯，经岁羁旅。羌管怎知情，烟波上，黄昏万斛愁绪。无言对月，皓彩千里人何处？恨无凤翼，身只待而今，飞将归去。"史词云："玉树晓飞香，待倩他，和愁点破妆镜。轻嫩一天春，平白地，都护雨昏烟暝。幽花露湿，定应独把阑干凭！谢屐未蜡，安排共文鸳，重游芳径。　年来梦雨扬州，怕事随歌残，情趁云冷。娇盼隔东风，无人会，莺燕暗中心性！深盟纵约，尽同晴雨全无定。海棠梦在，相思过西园，秋千红影。"

③彊村富丽精工之篇，如《丹凤吟·和半塘四月二十七日雨霁之作依清真韵》云："断送园林如绣，雨湿朱旛，尘飘芳阁。黄昏独立，依旧好春帘幕。分明俊侣，霎时乖阻，镜凤盟寒，衫鸾妆薄。漫托青禽寄语，细认银钩，珠泪潜透笺角。　此后别肠寸寸，去魂总怯波浪恶。夜暝天寒处，拚铅红都洗，眉翠潜铄。旧情未诉，已是一江潮落。红烛玉钗思已断，悔圆纨重握。影娥梦里，知时念时著。"或曰："此为翁同龢罢相作。"况氏清末以文学显，及入民国，客居海上，至贫无以举炊，卖书遣日，《浣溪沙·无米》云："逃墨翻教突

不黔，瓶罍何暇耻齑盐，半生辛苦一时甜！ 传苦枯萤共宁耐，无怜饥鼠误窥觇，顽夫自笑为谁怜！"《秋宵吟·卖书》云："似怨别侯门，玉容深锁，字里珠尘，待幻作山头饭颗。"（节录）盖况氏本胜朝遗老，晚遇侘傺，天挺骚才，逢此百凶，哀已！

蕙风《洞仙歌·秋日游某氏园》[①]及《苏武慢·寒夜闻角》[②]二阕，境似清真，集中他作，不能过之。

[①]况氏《洞仙歌·秋日游某氏园》云："一晌闲缘借，便意行散缓，消愁聊且。有花迎径曲，鸟呼林罅，秋光取次披图画。恣远眺，登临台与榭。堪潇洒，奈盼断征鸿，幽恨翻萦惹。　忍把，鬓丝影里，袖泪寒边，露草烟芜，付与杜牧狂吟，误作少年游冶。残蝉肯共伤心话，问几见，斜阳疏柳挂。谁慰藉，到重阳，插菊携萸事真假。酒更赊，更有约东篱下。怕蹉跎霜讯，梦沈人悄西风乍。"

[②]《苏武慢·寒夜闻角》云："愁入云遥，寒禁霜重，红烛泪深人倦。情高转抑，思往难回，凄咽不成清变。风际断时，迢递天街，但闻更点。枉教人回首，少年丝竹，玉容歌管。　凭作出，百绪凄凉，凄凉惟有，花冷月闲庭院。珠帘绣幕，可有人听，听也可曾肠断。除却塞鸿，遮莫城乌，替人惊惯。料南枝明日，应减红香一半。"（《词荟》）

《彊村词》，余最赏其《浣溪沙》"独鸟冲波去意闲"二阕①，笔力峭拔，非他词可能过之。

　　①《彊村语业》卷一，《浣溪沙》云："独鸟冲波去意闲，瑰霞如赭水如笺，为谁无尽写江天！　并舡风弦弹月上，当窗山髻挽云还，独经行地未荒寒！"又云："翠阜红厓夹岸迎，阻风滋味暂时生，水窗宫烛泪纵横！　禅悦新耽如有会，酒悲突起总无名，长川孤月向谁明？"

蕙风听歌诸作，自以《满路花》为最佳①。至《题香南雅集图》诸词，殊觉泛泛，无一言道著。

①况氏《满路花》（吕圣求体）序云："彊村有听歌之约，词以坚之。"词云："虫边安枕簟，雁外梦山河。不成双泪落，为闻歌。浮生何益，尽意付消磨。见说寰中秀，曼睩修娥，旧家风度无过。　　凤城丝管，回首惜铜驼。看花余老眼重摩挲，香尘人海，唱彻《定风波》。点鬓霜如雨，未比愁多，问天还问嫦娥。"（梅郎兰芳以《嫦娥奔月》一剧，蜚声日下。）

[附录一]

人间词话补遗

注：原补遗共 50 则，与前文 [卷下] 重复处已删除、整理。

一

余填词不喜作长调,尤不喜用人韵。偶尔游戏,作《水龙吟》咏杨花,用质夫、东坡倡和韵,作《齐天乐》咏蟋蟀,用白石韵,皆有与晋代兴之意。余之所长殊不在是,世之君子宁以他词称我。

二

樊抗夫谓余词如《浣溪沙》之"天末同云"、《蝶恋花》之"昨夜梦中""百尺朱楼""春到临春"等阕,凿空而道,开词家未有之境。

余自谓才不若古人,但于力争第一义处,古人亦不如我用意耳。

三

叔本华曰:"抒情诗,少年之作也。叙事诗及戏曲,壮年之作也。"余谓:抒情诗,国民幼稚时代之作也。叙事诗,国民盛壮时代之作也。故曲则古不如今。(元曲诚多天籁,然其思想之陋劣,布置之粗笨，千篇一律令人喷饭。至本朝之《桃花扇》《长生殿》诸传奇，则进矣。）词则今不如古。盖一则以布局为主，一则须伫兴而成故也。

四

言气质，言神韵，不如言境界。有境界，本也。气质、格律、神韵，末也。有境界而三者随之矣。

五

贺黄公（裳）《皱水轩词筌》云："张玉田《乐府指迷》，其调叶宫商、铺张藻绘抑亦可矣，至于风流蕴藉之事，真属茫茫。如啖官厨饭者，不知牲牢之外别有甘鲜也。"此语解颐。

六

周保绪（济）《词辨》云："玉田，近人所最尊奉，才情诣力亦不后诸人，终觉积谷作米、把揽放船，无开阔手段。"又云："叔夏所以不及前人处，只在字句上著功夫，不肯换意。""近人喜学玉田，亦为修饰字句易，换意难。"

七

《提要》载:"《古今词话》六卷,国朝沈雄纂。雄字偶僧,吴江人。是编所述上起于唐,下迄康熙中年云云。"然维见明嘉靖前白口本《笺注草堂诗馀》林外《洞仙歌》下引《古今词话》云:"此词乃近时林外题于吴江垂虹亭。"(明刻《类编草堂诗馀》亦同)

案:升庵《词品》云:"林外字岂尘,有《洞仙歌》书于垂虹亭畔。作道装,不告姓名,饮醉而去。人疑为吕洞宾。传入宫中。孝宗笑曰:'云崖洞天无锁','锁'与'老'叶韵,则'锁'音'扫',乃闽音也。'侦问之,果闽人林外也。"(《齐东野语》所载亦略同。)则《古今词话》宋时固有此书,岂雄窃此书而复益以近代事欤?又,《季沧苇书目》载《古今词话》十卷,而沈雄所纂只六卷,益证其非一书矣。

八

唐、五代、北宋之词家,倡优也。南宋后之词家,俗子也。二者其失相等。然词人之词,宁失之倡优,不失之俗子。以俗子之可厌,较倡优为甚故也。

九

《蝶恋花》"独倚危楼"一阕,见《六一词》,亦见《乐章集》。余谓:屯田轻薄子,只能道"奶奶兰心蕙性"耳。"衣带渐宽终不悔,为伊消得人憔悴",此等语固非欧公不能道也。

十

"纷吾既有此内美兮,又重之以修能。"文字之事,于此二者,不可缺一。

然词乃抒情之作,故尤重内美。无内美而但有修能,则白石耳。

十一

诗人视一切外物,皆游戏之材料也。然其游戏,则以热心为之,故诙谐与严重二性质,亦不可缺一也。

[附录二]

王国维先生生平及其学说

——吴其昌

国维先生，字静安，中国近代学术界之权威；毕生从事学术研究，供献殊多，故为词人、文学史家及文艺批评家，并最先作中国古史之研究。且奠定其基础，誉满国际史坛。讵料于民国十六年投颐和园昆明池溺死，一代宗师，遽嗟长眠！其昌先生曩昔从先生学于清华园，复有乡谊，故知先生最详，今掌武汉大学史学系，此文系吴先生在该校讲演笔记。

我作这次演讲，内心感慨万端。先生的去世，是在民国十六年，我离开先生算来已十多年了。深惧学殖容有荒疏，无以仰对先生生前的提携与教诲。回想音容，实不胜感伤。

刚才主席提到各位对先生的景慕，恨不及亲炙其声音笑貌。从外貌看来，中年以后的先生，肤色黧黑，颔上留两撇八字胡须，秃顶，脑后拖着一条小辫发，说话时露出长长的两个门牙，其余的牙齿脱掉很多，经常穿一件长袍，外面套上马褂。初次看到这位享大名的学人，是不免使人感到失望的。我没有入清华以前，在上海哈同花园第一次见到先生。过后有人问起我印象如何，我譬喻他如一古鼎。入清华后，受教于课堂，先生满口海宁土白，当年同学诸君中，能完全把先生的话听懂的，只有我一人。这因为我也是海宁人。

平时先生寡言笑，状似冷漠，极乏趣味，醇湛的襟度，现出他学人的本色，暗示着一生治学的冷静严肃和实事求是的精神。其实，早年的先生并不如此。在那些年岁中的文学创作和论文里，风华赡丽的吐属，曾留下了才人旧日的梦痕，然而时世的推移，影响及于先生，遂造成他此后畸形的发展，造成我所亲眼看到的先生的暮年。

先生是科学的古史研究的奠基者，生于清同治十三年（一八七四）。在先生幼年时，左宗棠戡平"回乱"，班师东旋，洪杨乱事既平，随着又拓地万里，西洋诸国，都以为中国从此或将走上复兴的道路，一时有中兴之目。不幸事实上国力却日趋衰弱，到先生二十一岁的那年，甲午一战，海军全遭覆没，屈辱求和，声威尽坠。先生的少年期，就在这黯淡的局面下度过，当我们回溯着他多缺陷的身世，很容易联想起东罗马帝国衰亡期的那些学者们的坎坷的命运。

先生的先世，虽有念过书的，但到先生的祖辈父辈，已经改营商业。先生的父亲是当铺里的朝奉先生。十八岁时，先生中了秀才，此后应试却总是失败。二十三岁时先生任上海时务报馆的书记。《时务报》是汪康年、汪穰年两先生办的鼓吹维新的报纸，当时由梁任公先生任主笔。所以梁先生和王先生早年晚年都曾共过事。但早年时代，梁先生是主笔，王先生是书记；梁先生当时已是维新运动中的健将，而王先生还度着他早年黯淡的生涯。因为地位的悬隔，所以彼此也难得接近，但到晚年，梁先生王先生又同任教职于清华研究院。梁先生尊王先生为首席导师，对之推崇备至。这固然是王先生的学问才华，足以使梁先生倾倒，而同时我们于此也可见梁先生的谦虚。

在《时务报》任职时代，王先生虽未为梁先生所知，却因一个特殊的机缘，而为罗振玉赏识了。罗振玉在光绪间也是一个维新志士，为"农学社"于上海，并发刊《农学报》，聘日人译农书，提倡以农立国，因此当时罗振玉与汪康年、梁任公诸先生也有往来。某日罗振玉往访汪、梁两先生不值，候于房门，随手拿了一把破扇子挥汗，却在上面发现了一首诗。末两句是："千秋壮观君知否？黑海西头望大秦。"后面署着海宁王国维。这是咏班超遣甘英使罗马（当时我们称之为大秦）而未果的事的。大概那时会王先生很崇拜左宗棠，而自己也油然有功名之志，所以不期然的写出这样雄伟的诗句。这种佼然不凡的吐属，震动了罗振玉，因询问侍者王国维先生是何许人，侍者只知道他是报馆里的一个书记。罗振玉乃嘱托侍者请王先生回馆后到他私寓里去访他。先生访罗振玉后感其知遇之诚，乃辞去时务报馆的职务，转入农学社服务。这一次访问，是先生生命史上的一个大关键，这是先生受知于人之始，更决定了先生此后生活的趋向，罗振玉以为那时一个青年人，应该接受一点新思潮，所以劝先生学习英文。当时藤田丰八——后来的东西交通史南洋史的权威，初在帝大历史系毕业，正受罗之聘在农学社译书。先生乃从藤田学英文，此后先生终其生俱师事藤田。即在清华研究院任导师的时代，和藤田通信，还是以师弟相称。

先生与刘鹗相识，大概也在此时。刘鹗是甲骨的收藏家，对罗振玉和王先生之研究甲骨文，均有影响。所以在此地我们要提及刘鹗，同时更要说一说甲骨文发现的经过。

光绪廿四年"戊戌变法"，梁、康亡命海外，明年，安阳殷墟甲骨发现。后者在学术史上的意义与前者在政治史上的意义相等，都是中国近代史上的重要节目。其实安阳的甲骨早经发现，乡人无知，称它为龙骨，常用来治病。同时乡人有种传说，以为没有字的治病才有效，所以药铺得到有字的甲骨，往往把它磨平以便出售。当时京师有三种最时髦的学问：康有为提倡"公羊学"，替维新运动在中国古代的经典中找理论的根据；俄人对我国西北边疆的觊觎，和左宗棠拓边政策的成功，更引起中国人研究西北地理的兴趣；而埃及、巴比伦的地下史料的探究，也使中国人对于周金文的研究，在当时的京师蔚为风气。北京的古董商人本常到安阳搜罗古物，大古董商范某发现甲骨上刻有线纹，疑其或具有相当价值，乃请教于名鉴赏家王懿荣（周金的收藏家，时任国子监祭酒）。王懿荣知道它具有学术上的价值，嘱古董商替他广为收罗，甲骨之被重视自此始。

又明年，八国联军入京师。王懿荣殉难。刘鹗当时正在京津间活动，王懿荣所收藏的甲骨完全为刘鹗所收买。后来有人告发刘鹗在庚子之乱时曾通款于外人，以粮米资敌。刘鹗因此充军新疆，他所收藏的甲骨至此几全归罗振玉。罗振玉拓印后，又把它转售于日本人。

然而当时先生正沉淫于叔本华尼采的哲学。国事的蜩螗和早年生活的阴黯，使先生很自然地成为叔本华的崇拜者，对人生世相的观察，充满了悲观的色彩。甲骨文尚未为他研究的对象。廿九岁，先生至张季直故里南通师范学校任教师，并常常写文投到《教育杂志》去发表，《红楼梦评论》即作于此时。同时，《宋元戏曲史》也开始在《东方杂志》连载。《国粹学报》在当时是一个鼓吹革命的

129

刊物，但先生当时对革命并无兴趣，投刊于《国粹学报》的是先生另一种整理戏曲目录的撰述——《曲录》。次年（也就是我的生年），罗振玉任苏州师范学校校长，先生也随罗振玉到苏师任教。苏州山水秀丽，徘徊光景，创作益丰。由卅一岁到卅三岁，这三年，先生的《静安文集》《人间词话》《苕华词》《宋元戏曲史》陆续出版。在《人间词话》里先生提出境界之说，名言妙理，如一串串晶莹的智珠，这时先生似已自甘将自己封锁在艺术的象牙塔里，世事的风云似已不能在先生古潭似的心境里荡起涟漪。艺术与宗教可以使人摆脱生存欲的困扰，在宗教的世界里，人们可以远离尘世的悲欢扰攘，而达于涅槃的境界；在艺术的世界里，人们可以暂时忘却"生"给予他的痛苦，而得到片刻的安息；这是叔本华的宗教观与艺术观，也是先生当年所崇奉的说素。先生既沉浸于这样的世界，所以虽和刘鹗认识，而罗振玉更是先生最初的知己，但对甲骨文的研究，殊无意趣。光绪卅二年，英人斯坦因赴新疆考古，"敦煌学"因以大显于时，而先生对之，亦复冷漠。

宣统元年，先生卅六岁，在先生治学的生涯中，这一年有特殊的意义，因为先生治学的兴趣，在这一年完全转变了。这以前，先生是词人，是文学史家，是文艺批评家，是叔本华的崇拜者；这以后，先生却尽弃其所学，埋头在中国古史这一新处女地，从事拓荒奠基的工作，而以古史学家播誉于世界史坛。这一年，张之洞由两广总督调任学部尚书，罗振玉北上任学部参事，先生随行。那时张之洞创立京师图书馆，缪荃孙任馆长，先生由罗振玉介绍，入馆任编辑。次年，《国学丛刊》出版，先生起草宣言，倡言"学术无新旧之分，无中外之分，无有用无用之分"。所以不能以空间观念，时间观念，功利观念，来作学术的绳尺，这种为学术而学术的观念，当然极易导先生入于史学研究的途径。这时先生开始为罗整理《殷虚书契前编》，其中一部分曾分载于《国学丛刊》。宣统三年，辛亥革命起，清室退位，对这一划时代的历史事件，罗振玉却毫无理解，他仍衡之以旧日士大夫的传统观念，斥武昌起义为"盗起武昌"。清帝逊位后，罗振玉逃往日本，先生也随罗东渡。先生的辫发本早已剪去，且平居西装革履，俨然是一新少年，如今清社已覆，因罗振玉以遗老自居，先生摆脱不了他的影响，又重新蓄发留辫，服马褂长袍，俨然是一遗少了。

先生东渡后，乃完全沉潜于中国古史的探索。先从事金文拓片调查的工作，成《宋代金文著录表》一卷，《国朝金文著录表》六卷，这是企图将中国古史系统化科学化的基本准备工作。同时，并为《殷虚书契前编》作考释。民国元年，《殷虚书契前编》《殷虚书契菁华》在日本出版。那时日本的小林忠太郎刚在德国学玻璃版印刷，学成回国，看到《殷虚书契前编》刊载于《国学丛刊》的印得太糟，乃向罗兜揽这笔生意。所以这两部书印得极其精致。民国三年，《殷虚书契考释》也用罗振玉的名义出版①，罗振玉并因此得到法国国家学院的博士学位。巴黎图书馆知道罗振玉是研究中国古史的学者，乃赠予斯坦因及伯希和在敦煌所得的《流沙坠简》影印本，所以《流沙坠简考释》也在同年刊行，第一卷、第三卷署先生

---

① 《殷虚书契考释》对"夾"字曾有精详考释，后"灸彝"发现，罗得拓片，为之作简略的考释，文载《支那学杂志》，彝中有"奭"字，罗曰未详，知该书非仅非罗所著，罗且未曾仔细阅读过也。

名，第二卷署罗振玉名。这是先生以古史学者知名于国际学术界之始。

先生研究甲骨文，除与认识罗振玉、刘鹗有关外，哈同与先生的关系也应该在此提及。这位犹太籍的巨商，爱好古玩珍物，所以与珠宝商姬觉弥颇有往还。后来这两家关系更日益密切，情若通家。民国五年，张勋复辟失败，遗老猬集沪滨，姬觉弥虽是一个商人，但颇想附弄风雅，以文饰他的鄙陋，供养着一大批遗老。同时他又信佛，尝迎名山大庙僧众设坛讲经，并刊行《频伽精舍大藏经》八千余卷。这类事情搅腻了，他又捐资集汉学家宣讲小学，更创办"仓圣明智大学"及"广仓学宭"，聘邹景叔（安）及先生为教授。先生自辛亥渡日，转瞬已过了六个年头。客居异域，当然不免有对故国的怀想，所以欣然应聘归国。仓圣明智大学及广仓学宭的学生几同哈同家奴，本谈不上学术的研究；但先生却得利用这个环境，对古史作更深邃的探求。《殷虚书契后编》就是在这一年出版的。刘鹗所藏的龟片，十九虽已归罗，但他的家属还保有一部分。后来这一部分为哈同所收买。先生又将这一部分材料加以整理，于民国八年刊刻《戬寿堂所藏殷契文字》《戬寿堂所藏殷契文字考释》。前者用姬佛佗（即觉弥）的名义，后者则由先生自己署名。

自民国五年至民国十二年，先生四十三岁至五十岁，这八年是先生学术生涯中的黄金时代。哈同供给先生一个便于研究学术的环境（哈同私人藏书之富，在中国实无其匹。《四库全书》哈同那里都有全抄本）。而先生自己也正年富力强，生活的安定，使先生不致为琐屑而劳心，因得致其全力于甲骨文金文古史的探讨。故先生在学术上的成就，以这一阶段最为辉煌。重要著作多刊行于此时，古史论文的结集——《观堂集林》的出版，结束了这一阶段的学术生涯。

到民国十二年，这时"五四"的狂潮已经过去。为着适应新形势下文化建设的要求，学术界喊出"整理国故"的口号，国内北京大学研究院成立后，以先生的古史研究，久已获国际声誉，拟聘往讲学，但因为北大在"五四"时，是新文化运动的大本营，革命空气一向浓厚，先生忠于清室，不愿应聘，仅仅答应了担任校外的特约通信导师。

不久，蛰居故宫称制自娱的溥仪，忽召先生入南书房行走。先生自省以诸生蒙特达之知，惊为殊恩旷典，急束装北上，这一幕悲喜剧，使先生再到北京，而终于在北京了结了自己的生命。

翌年，溥仪为冯玉祥驱逐出宫，出走天津，先生失职。同年，国立清华大学创办研究院。这以前，清华是留美生的预备学校，因此校中风气受西洋习惯感染特甚不免有过当的地方，曾惹起社会上一班的不满的批评，就是当日清华的学生中，也有不以本校的作风为然的。记得张荫麟君曾对我感慨地谈起："我们同学进城，别人都拿特别的眼光看待，仿佛谁额角上刻了'国文不通'四个大字似的。"这虽不过说笑，却也暴露了部分的真象，指出弊病的所在。适校方受当时新学术趋尚的影响，决定停止留美部招生，创设大学部，并成立研究院，校风为之一变。

时梁任公先生在野，从事学术工作，执教于南开、东南两大学。清华研究院院务本是请梁任公先生主持的。梁先生虽应约前来，同时却深自谦抑，向校方推荐先生为首席导师，自愿退居先生之后。这儿发生了一次小小的波折：原来，梁先生因为曾赞襄段祺瑞马厂起义之役，素为遗老们所切齿，罗振玉嫉视他更甚。先生是遗老群中的一个，与罗私交又颇密切。这事既由梁先生推荐，罗因力阻实现。先生颇感进退为难。正当踌躇未决的时候，梁先生转托庄士敦（一个中国籍的英国人，溥仪的英文教师）代为在溥仪面前疏通，结果经溥仪赞同，当某次先生上天津去请"圣安"的时候，面谕讲学不比做官，大可不必推辞等语。于是先生乃"奉旨讲学"，应聘迁居清华园，罗振玉无话可说，只好搁在心里不乐意了。

先生应聘的第二年春间，研究所正式开学。这时的盛况是使人回忆的：除了先生和梁先生外，同任导师及讲师的有陈寅恪先生和赵元任先生及李济、马衡、梁漱溟、林宰平四先生。陈先生那时曾经写过一副开玩笑的对联给我们，文曰："南海圣人，再传弟子；大清皇帝，同学少年。"这是暗指梁、王二先生以嘲弄我们的。平常每一个礼拜在水木清华厅上，总有一次师生同乐的晚会举行。谈论完毕，余兴节目举行时，梁先生喜唱《桃花扇》中的［哀江南］，先生往往诵八股文助兴，如今，声音好像仍在耳边，而先生却已远了。

在研究院先生所开的课程，有（一）古史新证、（二）尚书研究和（三）古金文研究三种。不过讲授的虽还是古文字古史方面的东西，而先生自己的研究工作，则早在两年前（民十二）校《水经注》时，即更换了趋向，作为先生第三期学术工作的对象的是辽金史、蒙古史和西北地理。这几年陆续发表了许多有价值的著作。我现在撮述重要的书名和篇名如下：

一、蒙鞑备录校注；二、黑鞑事略校注；三、圣武亲征录校注；

四、长春真人西游记校注；五、阻卜考；六、黑车子室韦考；七、金界壕考；八、辽金时蒙古考；九、鞑靼（鞑靼）考，鞑靼（鞑靼）年表；十、南宋时（人）所传蒙古史料考；十一、元秘史，主因亦儿坚考；十二、蒙古札记。

　　清华园的山光水色，校方的优裕的供奉，给这位冷于世事，懒于应付的学人以安宁和休憩，似乎尽可以颐养他的余年了。谁知世事的剧变，使先生仍不能平静地活下去。新的事物带来太多的刺激，北伐军兴，大局震荡，北京城里满浮着谣言，暗示着军阀统治的挣扎，无力和行将崩溃的前途。叶德辉在湖南被杀后，谣传着一个新的消息，说是南兵见有辫子的人便杀；又传闻一旦北伐军北上将极不利于溥仪。先生既久已和外界隔绝，判断力减退，对大局趋向莫明，在盛炽的谣言世界里，既为一己的安全担忧，又恐溥仪万一将有不测，因此，面对着亟变的世局，先生有着极度的愤恨和憎厌，心境极为凄苦。当时，有同学曾婉转进言，请先生将辫发剪掉。其实呢，对于这，先生也并不怎样固执。他曾说过："倘是出其不意地被人剪了，也就算了！"不过要让自己来剪，则老年人的情怀觉得有点难堪，不愿如此做罢了。过些时，有一次我见到先生，他问我说："前年有一天晚上，我曾看见一颗大星流坠，随后就听说孙中山死了。前两夜，我又看到了同样的异兆，你看吴佩孚怎样，会不会轮到他死呢？"在我们看来，这自然是令人发笑的情绪。果然，不久先生就以自杀闻了。

　　先生自杀的经过是这样的：

　　这年五月里一个风日和暖的日子，颐和园里的鱼藻轩前，发现一位老先生投水死在昆明池里，这就是众所周知的王先生。据守卫园内的人说：先生入园后徘徊于池边，曾见他点燃一支卷烟。正午十二时，忽然传来"扑"的一声，循声前往，知道有人死在水里，待救将起来，人已气绝了。我们闻讯赶至，除了一瞻遗容外，已一无补益。呵，这一代大师的凄凉的死！

事后据人谈起，先生在前些日子和人谈及颐和园的风物，尚慨叹自己在北京这样久，园中却一次没有去过。不料这名园竟成了他葬送生命的处所，他的第一次游园，也就是最后的一次了。

先生遗嘱略曰："五十之年，唯（只）欠一死，经此大（世）变，义无再辱，我死后，遗著可托陈、吴二先生整理。"（陈指陈寅恪先生，吴指吴宓先生）这证明了先生之死，是因为在那时会，先生已不愿再活下去，所以自愿了结他自己的生命。

先生自戕的消息传来，梁任公先生正卧病于德国医院，赶忙抱病出院。后事料理初毕时，溥仪优恤的谕旨已下，发给治丧费三千元，伪谥"忠悫"。梁先生为请求北洋政府褒扬先生事，曾往访当时的国务总理顾少川（维钧）先生。顾允提出阁议，结果因为多数阁员根本不识"王国维"其人名姓，未被通过。这诚无损于先生的盛誉，然而一代学术宗师，誉满中外，退位困居的逊清帝廷尚知议恤颁谥，而北洋政府却不闻不问，其腐败昏庸，是可以想见的了。

总结先生的一生，以才人始，是学人终。而治学的科学精神及其结论的准确性，在学术史上，只有王念孙堪相伯仲。在私生活和事功上，先生是毕世坎坷的：年轻时屈居下位，壮岁碌碌依人，甚至个人辛勤的著作，都写着旁人名氏，晚年虽声名鹊起，而孤独郁结，不得终其天年。在友朋中，先生受罗振玉影响极大，偏巧这影响又是和时代的潮流相悖的。但在学术上先生的成就，实有不可磨灭的光辉。他的治学的初、中、晚三期——第一期的哲学、文学、文艺理论,第二期的古史、古文字学,第三期的西北地理、辽金蒙古史——均有可贵的遗产留给后来的人,我们纪念先生,景慕先生,想学习先生,便应该从这些地方入手。

科学的进步无止境。前人播下种子,辛勤的操作给后人预备下来日的收获。而我们亦当为自己的下一代留下更丰盛的果实。王先生的贡献是永远的,值得尊敬的;但在理论上讲起来,我们应该超越他,再让我们的后辈再来超越我们。——这才是学术进步的征象。

(景芹笔记)

[附录三]

王国维年表

1877年（清光绪三年丁丑）一岁

12月3日，生于浙江省海宁县城（今海宁市盐官镇）；初名国桢，后改名国维，字静安（或庵），又字伯隅，号礼堂，晚年以所居名为永观堂，因更号观堂，又号永观。

1880年（光绪六年庚辰）四岁

10月17日，母凌氏病逝，由祖姑母范氏和叔祖母抚养至成年。

1883年（光绪九年癸未）七岁

就读于邻近私塾潘绥昌（紫贵）处，接受中国传统教育。

1886年（光绪十二年丙戌）十岁

全家迁居县城西门内周家兜新宅，此处后成为"王国维故居纪念馆"。

1887年（光绪十三年丁亥）十一岁

2月18日，祖父嗣铎去世，父奔丧归，在家教其读书；是年，更从邑人陈寿田学习。

1892年（光绪十八年壬辰）十六岁
入州学，参加海宁州岁试，以第二十一名中秀才。

1893年（光绪十九年癸巳）十七岁
赴省城杭州应乡试不中，肄业于杭州崇文书院。

1896年（光绪二十二年丙申）二十岁
11月28日，与同邑春富庵镇莫寅生孙女莫氏成婚。

1897年（光绪二十三年丁酉）二十一岁
4月，为同里陈汝桢家权家塾；
9月，赴杭州再次参加乡试，又不中。

1898年（光绪二十四年戊戌）二十二岁
2月，进入上海时务报馆任书记；
3月，入东文学社学习；
5月30日，长女出生；
8月8日，长女夭亡；
7月—8月，撰杂诗三首，刊入《静安文集》；
是年，时务报馆关闭，受任东文学社庶务。

1899年（光绪二十五年己亥）二十三岁
11月，长子潜明（字伯深）出生。

1900年（光绪二十六年庚子）二十四岁
译《农事会要》，刊入《农学报》第118、119、122册。

1901年（光绪二十七年辛丑）二十五岁
译《日本地理志》，由商务印书馆出版；
译《教育学》，刊入《教育世界》第9、10、11号。

1902年（光绪二十八年壬寅）二十六岁
2月，前往日本留学①，入东京物理学校，后因病肄业回国；
3月，次子高明（字仲闻）出生；
11月，任通州师范学校（今南通）教师。

1903年（光绪二十九年癸卯）二十七岁
撰《哲学辨惑》《论教育之宗旨》《叔本华像赞》《汗德像赞》等；
撰《书古书中故纸》《端居》《游通州湖心亭》《拼飞》等；
译《西洋伦理学史要》，刊入《教育世界》第59、60、61号。

---

①据《王乃誉日记》2月13日载，"静儿（打）叠行李，定今晚至申，日晡启程"。又有王国维于1900年前往日本留学之说。

1904年（光绪三十年甲辰）二十八岁

12月，执教江苏师范学堂，主讲心理学、伦理学、社会学等课程；

撰《孔子之美育主义》《就伦理学上之二元论》《尼采之教育观》《叔本华之遗传说》《教育偶感二则》《汗德之哲学说》《叔本华之哲学及其教育学说》《国朝汉学派戴、阮二家之哲学说》《〈红楼梦〉评论》《书叔本华遗传说后》《叔本华与尼采》《释理》等；

撰《病中即事》《暮春》《冯生》《晓步》《蚕》《平生》《秀州》《偶成》《天寒》《出门》《过石门》等。

1905年（光绪三十一年乙巳）二十九岁

4月，三子贞明（字叔固）出生；

汇编《静安文集》，附古今体诗五十首，名《静安诗稿》；

译日本理科大学教授饭岛魁编《动物学》。

1906年（光绪三十二年丙午）三十岁

4月，集二三年间所填词的《人间词甲稿》刊行；

8月，其父乃誉病逝，享年六十，奔丧归里；

是年，撰《教育小言十二则》《奏定经学科大学文学科大学章程书后》《教育家之希尔列尔（即席勒）传》《德国哲学大家汗德传》《墨子之学说》《老子之学说》《汗德之伦理学及宗教论》《原命》《去毒篇：雅片烟之根本治疗法及将来教育上之注意》《孟子之伦理思想一斑》《列子之学说》《纪言》《论教育普及之根本办法》(条陈学部)、《教育小言十则》《文学小言十七则》等。

1907年（光绪三十三年丁未）三十一岁
年初北上北京，任学部图书馆编译，主编译及审定教科书等事；
7月，夫人莫氏病亡，年仅三十四岁；
11月，汇集本年所填词成《人间词乙稿》；
是年，撰《教育小言十三则》《人间嗜好之研究》《论小学校唱歌科之材料》《孔子之学说》《屈子文学之精神》等。

1908年（光绪三十四年戊申）三十二岁
1月，继母病故，2月奔丧返里；
3月，续娶同县潘祖彝（字鹿鸣）之女潘氏为妻；
是年，辑《金荃词》《檀栾子词》《红叶稿》等；
撰《词录》《词录序例》《〈词林万选〉跋》《曲品新传奇品跋》《中国名画集序》等；
译英国随文著《辨学》。

1909年（宣统元年己酉）三十三岁
7月，长女明珠出生；
10月，学部编定名词馆，被任名词馆协修。
是年，撰《〈雍熙乐府〉跋》《〈梅苑〉跋》《南唐二主词补遗及校勘记》《〈花溪志补遗〉跋》《唐宋大曲考》《录曲余谈》《曲调源流表》《〈乐章集〉跋》《〈碧鸡漫志〉跋》等；

辑《聊复集》《〈蜕岩词〉跋》等；

译美国文部省教育报告《论幼稚园之原理》《法国之小学制度》等。

1910年（宣统二年庚戌）三十四岁

2月，长女明珠夭亡；

10月，撰《人间词话》；

是年，撰《〈元曲选〉跋》《〈续墨客挥犀〉跋》《盛明杂剧跋》《录鬼簿补跋》《寿域词补跋》等；

译英国百科全书《世界图书馆小史》；

撰《清真先生遗事》等。

1911年（宣统三年辛亥）三十五岁

1月，四子纪明（字季耿）出生；

11月，携家眷东渡日本，寄居东京五年；

是年，撰《古剧脚色考》《隋唐兵符图录附说》《唐写本太公家教跋》《隋铜虎符跋》《伪周二龟符跋》等。

1912年（民国元年）三十六岁

是年，撰《颐和园词》《哀清赋》等；

撰《双溪诗馀跋》《冷斋夜话跋》《宋元戏曲史》等；

修定《古剧脚色考》《简牍检署考》等。

1913年（民国二年）三十七岁
12月，次女东明出生，因长女早夭，故东明亦称长女；
是年，撰《颐和园后记》《咏史五首》《尼雅城北古城所出晋简跋》《兰亭会诗》《明堂庙寝通考》《唐写本兔园册府残卷跋》《秦汉郡考》《书齐鲁封泥集存后》等。

1914年（民国三年）三十八岁
是年，撰《罗布淖尔东北古城所出晋简跋》《流沙坠简序》《国学丛刊序》《宋代金文著录表》《邸阁考》等。

1915年（民国四年）三十九岁
8月，五子慈明出生；
是年，撰《洛诰解》《鬼方昆夷猃狁考》《不期敦盖铭考释》《三代地理小记》《胡服考》《元刊杂剧三十种序录》等。

1916年（民国五年）四十岁
任《学术杂志》编辑，主持《学术丛编》；
是年，撰《生霸死霸考》《流沙坠简考释补正》《书作册诗尹氏说》《释史》《周乐考》《乐诗考略》《石鼓文考》《汉魏博士考》《周书顾命后考》等。

1917年（民国六年）四十一岁

9月，三女松明出生；

汇近年所撰文，成《永观堂海内外杂文》；

是年，撰《古要竹书纪年辑校》《殷文存序》《乡饮礼席次图》《今本竹书纪年疏证》《两周金石文韵读》《江氏音学跋》《五声说》等；

编《戬寿堂所藏殷虚文字》。

1918年（民国七年）四十二岁

是年，撰《唐韵佚文》《匈奴相邦印跋》《释环玦》《释珏释朋》《校松江本急就篇》及序等。

1919年（民国八年）四十三岁

10月，六子登明出生；

是年，撰《书郭注方言后》《书尔雅郭注后》《书契后编》《齐侯二壶跋》《沈乙庵先生七十寿序》《唐写本老子化胡经残卷跋》《于阗公主供养地藏菩萨画像跋》等；

校《徐俟斋先生年谱》《一切经音义》。

1920年（民国九年）四十四岁

是年，撰《天宝韵英陈廷坚韵英张戬考声切韵玄武之韵铨分部考》《顾刻广韵跋》《敦煌发现唐朝之通俗诗及通俗小说》《残宋本三国志跋》《魏曹望憘造像跋》《影宋本孟子音义跋》等。

1921年（民国十年）四十五岁

5月，四女通明生，9月夭亡；

是年，撰《与友人论〈诗〉〈书〉中成语书》《唐写本切韵残卷跋》等。

1922年（民国十一年）四十六岁

任北京大学研究所国学门通讯导师；

8月，五女端明出生；

是年，撰《宋刊后汉书郡国志残叶跋》《兮甲盘跋》《汉南吕编磬跋》《库书楼记》《传书堂记》等。

1923年（民国十二年）四十七岁

4月，五女端明夭亡；

被任清逊帝溥仪"南书房行走"；

是年，撰《殷虚书契考释序》《梁伯戈跋》《颂壶跋》《唐贤力苾伽公主墓志跋》《肃霜涤汤说》《明钞本北磵集跋》《肃忠亲王神道碑》《商鞅量跋》等。

1924年（民国十三年）四十八岁

是年，撰《唐写本韦庄秦妇吟又跋》《论政学疏》《聚珍本戴校水经注跋》《明内阁藏书目录跋》《散氏盘考释》《攻吴王夫差鉴跋》等。

1925年（民国十四年）四十九岁
2月，就任清华研究院导师；
是年，撰《蒙文元朝秘史跋》。

1926年（民国十五年）五十岁
9月，长子潜明病卒；
是年，撰《黑鞑事略跋》《圣武亲征录校注序》《长春真人西游记校注序》《桐乡徐氏印谱序》等。

1927年（民国十六年）五十一岁
6月2日，投身颐和园昆明湖自尽；
是年，撰《南宋人所传蒙古史料考》《元朝秘史之主因亦儿坚考》《金长城考》《水经注笺跋》等。

根据袁英光《王国维年谱长编》（天津人民出版社，1996年）编就，亦参考陈鸿祥《王国维年谱》（齐鲁书社，1991年），在此感谢。

© 王国维 许文雨 2023

图书在版编目（CIP）数据

人间词话：许文雨讲评本 / 王国维著；许文雨讲评. -- 沈阳：万卷出版有限责任公司，2023.1
ISBN 978-7-5470-6067-4

Ⅰ.①人… Ⅱ.①王…②许… Ⅲ.①词话（文学）-中国-近代②《人间词话》-研究 Ⅳ.①I207.23

中国版本图书馆 CIP 数据核字 (2022) 第 154936 号

出 品 人：	王维良
出版发行：	北方联合出版传媒（集团）股份有限公司
	万卷出版有限责任公司
	（地址：沈阳市和平区十一纬路29号 邮编：110003）
印 刷 者：	凯德印刷（天津）有限公司
经 销 者：	全国新华书店
幅面尺寸：	140mm×203mm
字　　数：	120 千字
印　　张：	5
出版时间：	2023 年 1 月第 1 版
印刷时间：	2023 年 1 月第 1 次印刷
责任编辑：	王越
责任校对：	张莹
装帧设计：	FBTD studio
ISBN	978-7-5470-6067-4
定　　价：	39.80 元
联系电话：	024-23284090
传　　真：	024-23284448

常年法律顾问：王　伟　版权所有　侵权必究　举报电话：024-23284090
如有印装质量问题，请与印刷厂联系。联系电话：010-88843286/64258472-800